U0107665

# 爸爸的声音

利兹·格里克
丹·泽加特　著
钱丽娜　译

作家出版社

# 目 录

献给杰瑞米和艾米

too, keeps
or more nor less
ever making up the
THE ETERNITY OF NATURE
comes, it is
caretakers

# 序

“那是谁?”

“那是你爸爸。”

“那么,他在哪呢?”

爸爸在哪呢?一点点大的小艾米当然不知道。她出生仅仅三个月,疼她爱她的爸爸就在与歹徒的搏斗中去世了,随着飞机的坠毁,爸爸无声无息地去了彼岸——也许是小艾米来的那个世界。

艾米在此岸,爸爸在彼岸。死亡让妈妈独自一人在崩溃、绝望、逃避、消沉、成长与康复中一步步走来;小艾米对爸爸的概念,则只能靠着一张张的照片和录像中的身影,她常常喃喃自语,“噢,爸爸过会儿就来。”

在彼岸的爸爸恋恋不舍地看着深爱的妻与弱小的儿。他会在深夜悄悄潜回这个世界,来到妈妈的梦中,或者在深夜拨弄着小艾米的琴弦……演绎着一段缠绵悱恻的人鬼亲情。

如果有人问,这本书对这个世界有什么意义?也许,它的意义只不过是千百万种图书中的一种,也许你会在偶然的机缘下读到它。平凡人的平凡爱，只是在特殊的历史条件下，让主人公显得有那么一点点的与众不同。阖上书本之后，很多人忍不住追问，假如只有一天的生命，我能用来做什么，有什么该说的还没有说，有什么该做的还没有做？

人之初，学习的第一件事便是“爱”，因为有爱，才会对生活抱有希望。而生命因为有了死亡这样一道界限，才教会我们懂得珍惜现在——然而，爱不会因为生命的缺席而结束，相反的，它隐藏在所有人心灵中最柔软、最深沉、最真挚的地方……也许真的有天堂，每一个被迫离开这个世间的灵魂都是奔着那里去的，那里就是——爱。

是为序。

# 第一道光芒

*First Light*

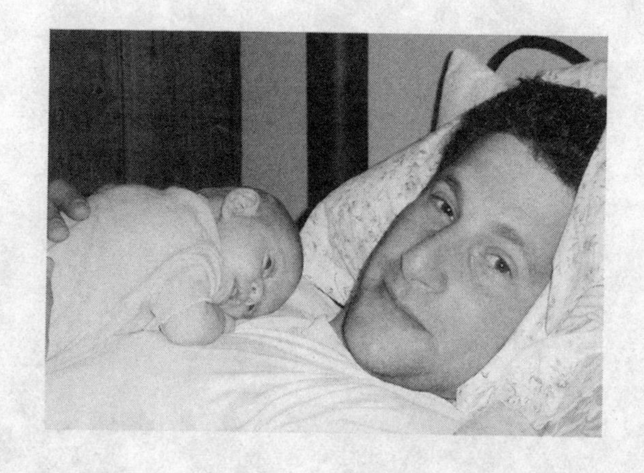

在父亲身上小睡：爱默生，一个月

亲爱的艾米：

我记得，那是你父亲去世后的第二天早上。

我醒来时，正躺在外公外婆家的楼上，这是一间宽敞、陈旧，由白色檐板搭成的农舍，坐落在卡茨基尔斯。我躺在铜床上，你睡在摇篮里，就在我的身旁。我睁开眼，视线触到了一打你父亲的干净衣物，它们就搁在柳条篮子里。床头柜上还放着几张他心爱的 CD。我开始哭了，难受得几乎喘不过气来。

我挣扎着起身，披上了罩衣，浑身打着颤。卧室门关着。但愿，我没有吵醒这整幢房子里的其他人。现在还太早。光线洒进屋内，丝丝缕缕的金色光芒钩织出清晨最是甜美诱人的时分。

昨天，一位在童年时就失去了父母的密友打电话忠告我：迅速起床，她说。不要赖在床上……想念……回忆……哭泣……

这是个不错的建议，我照着做了……可是，我压根儿没想到会看见你爸爸那么多的遗物散落在屋子里。我使劲地把脚搁到地上，扶着摇篮的把手，轻轻摇动。我忍不住又哭了，哭得越来越伤心，因为你的爸爸，那么爱你的爸爸，像所有的男人那样，深爱着自己弱小女婴的爸爸，已经撒手人寰。

我出神地凝望着摇篮中的你，那个隐藏在小小的蓝色毯子下面的你，一只白色的羊儿在你的头上缓缓游走，想到将来，你所能了解的只是一位悲伤的母亲，我的心便跟着揪紧了。我甚至不敢去想，随着你的渐渐长大，你却对自己的父亲一无所知，那将会是一种怎样的情形。我隐隐觉得，从昨天开始，你的父母都离你而去了。

你还那么小，才三个月。你是早产儿，甚至比同龄的孩子都小。那么小！！谁来保护你呢？谁会像你的爸爸那样逗你笑呢？

你仰面而卧，闭着眼睛。就在刚才，在梦境深处，你吐出一丝微弱的叹息，仿佛结束了一场思考。你的脸颊堆起皱纹，冲着我泛起丝丝笑意。我难以解释，但是在那一刻，我感到来自冥冥上苍的力量将我推入比悲痛更重要的事件中。你那微笑的影子将我慑服——恍若阳光打那扇窗儿透过，用温暖来沐浴我。仿佛你父亲的能量从窗外奔涌而入。你的微笑让我感到安慰，想着生活没准儿会重新好起来。**于是，我想起了你父亲对我说过的话，在那最后的时刻，他说他需要我们母女俩过得快快乐乐的，这样他才会安心**

瞑目。

等着有一天，你长大了，能够读这本书的时候，人人都将了解那些男人和女人的故事，歹徒在联航93航班上早已对人们下了毒手，而英勇的人们却奋不顾身地要将飞机从歹徒手中夺回来，为的是不让歹徒用这架飞机去荼毒地面上更多的生灵。在最后时刻，你父亲的所做所为让他化作了一个传说。你已经听过那个传说了。现在，我要告诉的是你爸爸的故事。我是指你自己的亲生父亲的全部故事。不仅仅是结局，这个世界上其他人所发现的有关他的部分。因为事实是，结局不是最完美或最糟糕的部分，它仅仅是一个结局。

我确信，你爸爸渴望着你能够了解他的故事。有关这个故事的点点滴滴无处不在，好像有一天我终将前去搜寻，俯拾皆是。有在家中他屋子里的划线纸上留下的涂鸦，有他儿时在书桌抽屉的底板上刻下的印痕，也有在外公外婆家中的胶片上拍下的影像。一些小秘密只有他的朋友才知道，如果不是因为他的辞世，我还真的无从知晓。他的身影镌刻在这个世界的角角落落。从他离开我们的那年起，我就不停地在整理，有些时候，我会像现在这样，趁着你还在摇篮中酣睡，呆坐在门廊前，空空张望着面前的绿林湖，回首往事；有些时候，它们东一处西一处地散落着，我甚至不知道会有这些东西存在。

你现在还那么小，怎么能够明白眼前发生的这一切呢？我只有把这些信结集成书，把它当作一件要在很久以后，你才会打开的生日礼物。这是一把万能钥匙，一件意味深长的礼物。这里记下了你爸爸的故事。

9·11过去了，一天又一天的过去了，又过去了许许多多个一天，我终于可以对自己说一句，我完成了一件极为艰难的事情，总算……总算完成了：与你的父亲——我那灵魂的侣伴，我惟一爱恋的男人——说一声再……见……

随后，我要告诉你有关我们最后一次通话更多的内容，一旦你知道了全部的故事，它的意义将会发生变化。我能告诉你的是，当你父亲从93航班上打来电话，告诉我飞机被几个"坏人"劫持的时候，我们完全知道该如何与对方交谈，两个人提心吊胆——还是他先吱声，"我想我逃不过这场劫难了。"他开始悄悄呜咽，只有我，这个读他最深的人，才能察觉他正在哭泣。我顿时感到了惶恐无助，因为，除了在你诞生的那个夜晚，我还从没见过你父亲哭泣。

艾米，我想让你明白的是，在二十分钟的通话时间里，你爸爸和我把想说的都说了，试图通过电话将我们的生命连为一体，得到一个有条理的结论。曾经有几个关键时刻唤醒了我——这已无关紧要——我了解到在由残忍的狂热分子组织的一连串袭击中，几架飞机冲向了华盛顿的政府中心，撞向了纽约最高的摩天大楼；也许，那伙人中的四个人在93航班上，我们都在猜疑，虽然谁都不愿直面这一点，你爸爸可能是对的，但还是没能够活下来。

此后，记者问我，在我们完全有可能被恐惧击垮的时候，两个人是怎样展开有效的互助的。我告诉他们，我不知道，我真的不知道。可能现在我会有些好的想法。我确信，在那最后的通话中，至关重要的事并不在于我告诉你父亲纽约和华府发生了什么，尽管你爸爸需要了解那些情况，以决定是否有必要闯入驾驶舱把劫机犯干掉；我们甚至没有时间来谈论你，谈论我们自己生死两隔的未来，没有！我们反复叨念着我爱你，说了一遍，不够，再说一遍，还不够，仿佛那是一首圣歌，由我们往复吟唱，直到一条冰冷的绳索横亘在我们中间。我们倾诉着："我爱你。"一遍，两遍，三遍……，听，他还在倾诉，还在，倾诉……

我觉得，长久以来，你爸爸始终怀疑自己有一个远大的目标。我相信杰瑞米·格里克在那架飞机上绝非偶然，尽管事出偶然——纽沃克机场失火——把他推向了那儿，而不是搭乘早一天的航班。一位身怀武功的乘客恰巧在那一天登上了一架被劫持的飞机，从而粉碎了9·11的一场恐怖行动——本来劫匪会得逞——这不完全是幸运。在93航班上，有四位、五位、六位，可能是一打其他的乘客在与恐怖分子殊死决斗，他们个个勇气十足。只有你父亲打小学过徒手格斗的功夫。说的直白一点，他是为杀戮而受训的。

艾米，你爸爸去世的时候年仅三十一岁，与我结婚才五年，认识你不过三个月，然而我却认为我们得到了他的荫庇。他和我把想说的都说了，把该做的都做了，你父亲还给予我们在余下的岁月里活下去所需要的一切。

当然，你还算有那么一丁点儿的运气。那是因为，在犹太语里，格里克意味着“幸运”。不过，我必须指出的是，犹太语的原意并未特指是哪种幸运。而如果你在高中，遇到你生命中的真爱时，像我这样，你应该踏出那正确的一步。

# 强壮与甜美

*Strong and Sweet*

柔道冠军！杰瑞米——未注明时间

亲爱的艾米：

我记得你爸爸的那团头发。

正是那团头发，让刚上九年级的我，第一次对他抬了抬眼皮。那是开学的第一天，1984 年 9 月的头上。我们分在同一个生物班，我挨着他，坐在长长的实验桌旁。他留着一头巨无霸式的非洲发型。这团毛与他的头相比简直太过庞大了，像一只碗倒扣在他的耳朵上，一团真正的打着卷的深棕色灌木丛式的头发。我暗自思忖，这家伙的头发怎么啦？

我感到惴惴不安。第一天开学，谁都不认识。晨会时，我想和我的哥哥，皮特，坐在一起，可他不乐意，觉得与他孩子气的妹妹坐在一块儿简直太不爽了，转身就把我给甩了。

现在，我坐在这个家伙的边上，他怎么看，都活像一头逃出来的食人兽。

但是他甜甜的，顷刻间让我感觉好受多了。他说他的名字叫杰瑞米·格里克——朋友们叫他耶利米。

我取笑他的头发。

“我的力量都藏在这头发里，”他说。“就把我想像成留着一头非洲发式的参孙吧。”

“我想把它连根儿剪掉。这样我就可以对你为所欲为了。”我说。

我们都笑了。他的笑容狡黠而机敏。

我们的友谊来得如此迅速而强烈。他有趣。他思维敏捷。他自作主张时很酷。他不是个高谈阔论的人，也非瘾君子，他开着一辆保时捷，穿着对他来说不再重要、但在我的眼里却是得体的鞋子。老师们尊重他，随着我对他的了解，这才发现其他孩子对他也是高看一眼，甚至包括比他年长的孩子。他从不以强权者的姿态出现，但他已经是萨德·里弗·戴学校最魁梧的孩子了，一个瘦瘦长长，身高六英尺，一只耳朵戴着短柄斧造型的耳环的人。我们一块儿吃午饭，上学期间，但凡能抓住些零敲碎打的时光，我们便待在一起。

如若他是摩天巨人，那我恰似山林仙子：四英尺十英寸，体重八十磅。当我对他倾诉时，他总是用心聆听，我爱他这样。而且他时时给予保护——当你跟杰瑞米在一块儿时，你不会感到有比这更安全的时刻。我觉得他喜欢与他风格迥异、柔弱娇小的我，似乎我生来就是被保护的。我充满热情，他渴望热情。我们俩会心照不宣地认为同一些事情很滑稽，比如，摆架子。人们压根儿没意识到他们有多荒唐——好比大腹便便的男人穿着条短裤。

他参加足球、长曲棍球和摔跤比赛，表现都很出色，这没啥可奇怪的，因为他自六岁起，就一直是新泽西顶尖的柔道学员之一。他稍稍有些害羞，说话嘟嘟哝哝，害得你有时很难听清他到底在说啥。吉米·贝斯特也是我们生物班的同学，我俩的朋友，他说话时的那股含混劲一点儿也不输给杰瑞米，逢到他俩聊天，我只能在旁边干瞪眼。

耶利米是一个口齿含混、年方十五岁的角斗士，天生乌发，眼睛黑亮，皮肤略呈橄榄色，终于有一天，他变得口齿清晰，开始脱胎换骨。我不是惟一一个对他感兴趣的女孩：强壮与甜美是一种稀有组合。我记得曾有一次拜访我最好的女友戴安娜·多宾、她蹒跚学步的妹妹和她们的母亲时的情景。我在她们的厨房里展示这个戴着短柄斧耳环，留着莫霍克发型（非洲发型不够激进）——外表略微凶险的魁伟男人。这个小女孩听着录音机里传来的拉菲的歌，杰瑞米跟着唱，学拉菲的样子跳起了恰恰舞，好玩极了，这个面相危险的家伙学着“白鲸宝宝”左摇右晃。

我们没法在一起的时候，就一连几个小时的煲电话粥。每天晚上，他从柔道班，我从体操班回来后，就开始给对方打电话。

“我爱你。你是我最好的伙伴。”挂断电话时，我们会这样说。

我已经有了一个男朋友，但是耶利米经常在他身边出没，和他成了比我还好的朋友。也只有这样，他才能尾随我们。耶利米几次约我出去，等到我说是的时候，一切都已顺理成章。

记忆中，我们俩在一起的时候从未感到过不自在。我有一辆小型的大众牌甲壳虫车，我俩会去一家小餐厅吃油腻腻的三明治，或是在我的屋子无所事事。我想我找到了一位完美可靠的男朋友。

正确的开始，但这对杰瑞米来说还不止。

“我遇见了一个完美的女孩。”他这样告诉他的母亲。

开始，是一个三人帮：詹妮弗、约翰和杰瑞米，格里克家三个最大的孩子。他们扎堆玩奇幻游戏，奥拉戴尔后院树林中的超级英雄们，气喘吁吁地描述着他们的冒险经历。约翰是编故事的大师。詹妮弗年纪最长，是马戏团的表演指导。杰瑞米则负责将想像付诸实践。

“跟着巨人来了，他从树上*忽地*纵身一跃，跳到了水人身上……”

杰瑞米果真从树上跳到了约翰身上。

屋后的那片林子在他们的眼里简直是天开地阔。当他们骑着自行车横冲直撞，径直扑向车库大门的时候，那条细窄的车道显得太过陡峭，有时他们偏离路线，一头撞向屋子的壁板，留下一个个凹坑。杰瑞米总是一马当先，危险触手可及，他猛然转向，这个自杀式的急转让胳膊肘擦到地面。他们的屋子有着巧克力般的褐色，是殖民时代的建筑，从正面看，门庭不甚开阔。约翰和杰瑞米睡的床是上下铺，詹妮弗则在隔壁有她自己的房间。他们仨在通风口来来回回地吹气，他们的爸妈洛伊德和琼的卧室在杰瑞米和约翰屋子的楼上，啥都听不见（洛伊德和琼意即奥帕和奥玛，在犹太语中是祖父和祖母的意思）。窗户上的玻璃经常龇咧着大嘴，它们受到的人祸一是来自与游戏相关的事故，二是源自两位"德国牧羊人"，大大和小小，一看到邮差登门，便会从前门窗户呼啸而出，把邮差吓得一佛升天，二佛出世，不得不暂时中止邮政服务。

约翰思维敏锐，是解决问题的高手——还是小孩子的他经常唧唧呱呱个不停。杰瑞米则抓着你絮絮叨叨地讲故事——但是文字对他并不重要。杰瑞米重在实干。他是那种会冲进满是大人的客厅中央，咧开嘴大笑又唱又跳的小孩。他热衷音乐，还在读小学时，他就能娴熟地演奏小提琴。他有几张照片，下巴上夹着把小提琴，猛击音符，开心地龇着牙，一头前摇后摆的非洲发型。

在约翰和洛伊德之后，所有的孩子在姓名前两个字母中都有 J 和 L。詹妮弗·林，约翰·莱尔，杰瑞米·洛根——他们是头一拨的三个孩子。第二拨的两个孩子是贾里德·劳伦斯和杰德·洛厄尔，这两拨孩子之间相差五年。

最后是乔安娜·莉，她生的非常晚，杰瑞米的妈妈那时早就四十多岁了。这一大家子出去吃饭的时候，女招待会问洛伊德，这群孩子是不是都是他的，他便得意洋洋起来；他喜欢听人这么说。格里克家族人口众多，足以建立起一个自给自足、自我保护的世界。尽管事实是，不仅仅格里克家如此，因为格里克家的孩子们经常开着格里克旅行车，与人口同样众多的班加什家一起出行，他们到站后，孩子们蜂拥而出，那架式颇像小丑们从装小丑的车里纷纷跳出。金·班加什是个与杰瑞米年龄相仿的男孩，他俩结成了铁杆哥们。每个人都在弗兰德利欢欣雀跃，在那儿，耶利米会点一份海量食物，他们把这份食物装在一个如同篮子般大小的容器中。就是这个家伙，会在几分钟之内把两份满满的餐食一扫而空，风卷残云之后，便急急忙忙地跑出去，找他的狐朋狗友。有时，他会在半夜醒来，站在冰箱跟前，一仰脖干掉一夸脱牛奶。

奥帕和奥玛强调尊重，这是必需的品行，否则这幢屋子会被四个壮小伙子搅得天翻地覆。如果你手痒痒，非得干上一架，那就去小房间的垫子上好了——奥帕特地安置的——任你随心所欲地撒欢。作为前任钻井部队的警官，奥帕还在门框上钉了一根引体向上的横杆，鼓励孩子们每次路过时，在横杆上做几个引体向上。男孩们噌噌地长大，杰瑞米长得尤其快。这头拨的三个孩子越来越富有挑战性了，这种挑战性开始渗入柔道、摔跤、滑雪、跑步、足球和游泳。“比赛开始。”某个人会这样说。比赛就像呼吸一样无处不在。它是“看看我们能把这推多远”。在讲故事时比赛，跑步去商店时比赛，大嚼谷物时比赛。更快、更高、更野、更闪电。

这三个最大的男孩从未投身于像棒球、橄榄球和篮球那样的运动，因为那儿没有足够的实地体验。取而代之的是，他们自幼便学习柔道，由受人尊敬的日本柔道大师长保小笠原先生教授，在韦斯特伍德一家汽车代理商楼上几间拥挤的小房子中进行训练。柔道是军武艺术的极致，与柔术相近，源自柔术，但却极其危险。它通过空翻、摔跤和擒拿从根本上强调立技，其中拳击是相当激烈的一环。一位柔道运动员，或者说是柔道斗士，空翻后若着地不正确，会受到严重伤害，在成人比赛中骨断筋折也不是什么新鲜事儿。除了作为体育运动外，男孩们还汲取了柔道的哲学，即柔道运动员的力量可使他们的温文尔雅是出于本愿，而非怯懦。先生还教授其他的课程，同样：控制自己。牵制你的对手，不要依据草率判断做出决定。掌控自己的行为，适时进退。

所有格里克家的男孩都学习柔道。对小小的杰瑞米来说，柔道苛刻、疲累，还有点危险——每一样都是他渴望的。柔道教会他纪律。约翰因此变得坚强。贾里德全身心地投入,并精于此道,杰德也向先生学了一段时间。由于学习柔道不贵,父母双双工作,男孩们每天都能上那儿学几个小时。柔道成为格里克家的生活方式。夏天,男孩们参加柔道夏令营。全家都涌进先生的大篷车中,与他的女儿利利科——后获得国际冠军——一起开车前往水牛城或迪凯特参加锦标赛。这就是家庭度假。奥帕喜欢在美国各地驾车参加比赛,完全献身于他的男孩们的柔道热情。先生传统而且严格,训练时不近人情。他咆哮、他奚落,男孩们做错时就用木制剑柄拍打他们。他看着他们坚强起来。杰瑞米是最坚强的一个,在比赛中,他很快就证明了自己是最棒的,十岁时便获得了他的第一个冠军。他的特点是具有攻击性。他掌控局面时,会动用他所有的一切——甚至是鸡冠般的头发。

"比赛开始前,当我和其他孩子面对面的时候,我像这样把脑袋低下,冲着他摇晃我的头发,先从心理上把他打垮。"杰瑞米曾这样告诉他的母亲。

杰瑞米在家中的角色很特别。贾里德敬重他。杰德崇拜他。他是保护者,甚至佑及约翰和詹妮弗。他的父母了解杰瑞米的这一角色,知道他们可以完全依赖他。在露营时,他们委托杰瑞米照看患有糖尿病的小弟弟贾里德的饮食,并给他注射胰岛素。他为此在橘子上练习了几个礼拜,摸索着窍门。保护者的角色同样也被带入学校。只要是头脑还算正常的人，都不敢挑唆这个背着“沙漠柔道冠军”书包的大个子。

当然，纵使是最明显的规则也不乏例外。

有个叫弗雷德的同学总是愚弄另一位同学的犹太教戒律，甚至当杰瑞米占着他的座椅，并且用一种怪异的独眼死瞪着他时——这意味着你的麻烦来了——他也不思悔改。翌日，杰瑞米把弗雷德逼到教室前学生休闲室的角落里，三下五除二就把他放倒在地。他面无表情地说，他不想看到弗雷德再用犹太教戒律来戏弄同学了，然后才让他起身。矫健的身手镇得弗雷德心服口服，从此对他毕恭毕敬。

# 点、滴、片断和明信片

*Pieces, Parts, and Postcards*

爱默生的第一个圣诞节。坐在外公身上，2001 年 12 月

亲爱的艾米：

你父亲去世的当天，哪怕是在9·11一系列的惊人事件中，关于93航班和杰瑞米的事迹还是传播开去，成为一条轰动新闻，这一点确凿无疑。电话不断地从亲友们所在的卡茨基尔斯打来，电话的另一端通常会是一位记者。我不想和陌生人谈话。我想回忆你的爸爸，我想和同样思念他的人们在一起。

失事过后的两天，联合航空公司派了两位联系人前往纽约温德姆外公的住所。他们的职责是为我们家提供帮助或是信息，他们非常友善，但却无济于事，信息并不在我当前优先事项列表的前列。我执著一念地想了解尚未知晓的事情，不仅是有关93航班的确切细节，还有与9·11相关的任何进展。然而，我却尽可能地回避报纸和电视新闻，当双子塔倒塌的录像在荧幕上闪现而过，就像那个星期发生的一样，此时我却与两位女友坐在温德姆的卧室里，看着百无聊赖的节目。我庆幸躲过观看这一幕。我早就把与你爸爸的最后一次通话铭刻在心，在我的脑海中一天播放几十遍。

航空公司来人了，他们邀请我们前往宾夕法尼亚州西部查看失事现场，我的第一个反应是说不。但转念一想，如果不去，可能会后悔，终于还是决定去了。的的确确，这件事就这样发生了——而那里就是出事地点。也许，我需要以证人的身份前往，这样可以了解事情的全貌。

我不愿乘坐飞机，于是联合航空派出了三辆黑色的豪华轿车，前来接我们和格里克全家。我的豪华轿车内除外公外还有吉姆·贝斯特、金·班加什随行，他们都是我和杰瑞米自高中时代以来的好朋友。我在电话里告诉他们有这支队伍，因为他们可以保护我，免受惊吓，回归宁静。我的队伍几乎自灾难发生之日起便跟随我——在失事后的周日，杰瑞米的葬礼上一同接受《日界线》的采访——现在还是。我们整天都在开车，除了停下来给你喂奶，这时，我要求这支顺从的队伍下车回避一下。约八个小时后，我到达了近宾夕法尼亚州尚克斯维勒的滑雪度假胜地，这个乡村离匹兹堡很近，他们把所有 93 航班的家属都安置在那儿。待在滑雪度假地简直是个黑色幽默，因为杰瑞米和我最爱一同滑雪。太棒了，我想。这又是一件我永远都不想再干的事。我草草吃了点饭就上床睡觉了。

第二天早晨，9 月 20 日，餐厅里聚满了 93 航班的家属和官员，包括验尸官。我把调查飞机失事的细节事宜交给了外公、金·班加什和外婆的兄弟乔，乔没来尚克斯维勒，但却向验尸官提交了杰瑞米的内衣和剃刀，以便进行 DNA 匹配，同时我们的牙医也送来了牙科记录以备他们找到他的牙齿时使用。

我在吃早饭的时候，验尸官走到外公跟前。我直到后来才知道他们的谈话内容：

“我们已经辨认出了你的女婿，”他说。“我们只有很少一部分的遗物。事实上，是牙齿。”

他说杰瑞米在第一批查明的十二个人中。

外公拍了拍验尸官的肩头。

“谢谢你告诉我，”他说。“但是如果您能出去说这事儿，我会更加感激。”

旅游车看样子是要带我们去失事现场。耶利米和我通常不愿乘坐巴士度假。我想独自一人留在我的记忆中，不想与大拨人马前去。尽管我感到他们是我的同道中人，受到共同的创伤，但对我来说，不管怎样，他们仍是陌路人。我与他们无言以对。

我问巴士是否有安全带。答案是否定的。

“我女儿的车座需要有根安全带系着。你们得给我找辆我能坐的巴士。”

他们照做了——仅有的几位乘客是你、我、金、吉姆和外公。

细雨沥沥。我们短小的巴士车队驶过蜿蜒几里的守候人群，他们肃立雨中，目送着我们缓缓驶过，挥舞着小旗，哀哀啜泣。通往失事现场的路上有两道安全门。第一道门挤满了记者和装有大型麦克风的电视摄影机，挡风玻璃上覆盖着一层假毛皮。第二道门标志着一条通往脏兮兮的砂砾路的入口，建造这条路为是了让大批专家和设备操作员能够直达飞机坠地处。

巴士都停在这儿。周围是再生露天矿的一部分，四处耸立着锈迹斑斑的巨型挖煤机。我们从车上下来，沿着这条脏兮兮的路走下去，来到悬崖低处。一顶篷盖为我们遮风挡雨。在篷盖底下，干草堆上摆放着各种寄托哀思用的替代品——信件、照片、诗歌、书籍、鲜花、小型雕像、绒毛动物、婴儿鞋。

旷野中，秋草萋萋，在树林的掩映下从我们的脚底延伸开去，其后是一个农场。旷野深处的林木被烧成了焦炭，叶片和枝桠剥蚀殆尽。在发现物件的地方，工作人员用明黄色的塑料旗帜做出标记：一小堆有色的钢、融化了的驾照、安全带搭扣、一颗牙、一只鞋、一只金戒指或是一小截骨头。我后来才知道，除了落在附近池塘里的上千磅重的喷气引擎碎片外，到目前为止，地面上还未曾发现超过几英寸的大型物件。飞机以 45 度角俯冲，几乎以音速撞击地面，机舱与机身硬生截断，随之，林间燃起冲天大火。飞机的大部分及其装载物顷刻间化为微小、粗糙、炙热的碎片，湮灭在焦黑的洞坑中。没有残骸，什么都看不见。

工作人员不允许我们走到旷野中去，因为那里现在还是罪案现场。我看不清砸在地面上的坑，但见卡车和推土机把那儿团团围住。在旷野和灼焦的林木中，一具具残骸被找到。在这种情况下，残骸多多少少意味着携带人类的 DNA。

断崖处，我们几十位罹难者的家属置身于几百位身穿红背心的红十字志愿者当中，他们分发苏打水、糖果和小小的红十字棉纸包，几乎没有人说话。我们把给你父亲带的东西放在了干草堆上：一张印有“喝奶吗?”的招贴，因为他喝了好多的奶；太阳花，我们婚礼的花束；爸爸妈妈与你的合影，你与爸爸的合影；一只戴着无檐小便帽的小哈巴狗，那是代我们的两只哈巴狗送的。我给他留下了一封信。那是在浑浑噩噩的悲痛中写的，已经想不起任何一个字眼来了。

我们在失事现场待了一个半小时——太久了。当我到那儿的时候，我发现这个地方与杰瑞米毫不相干。他不过是在这里匆匆路过，现在一切都无关紧要了。这里充其量不过是个在阿利盖尼崇山峻岭中的一处阴冷、潮湿的旷野。它不需要人。像我一样，它想自个儿待着。

我抱你抱累了，其他人就把你接过去，来来回回，等着车。最终，我们还是走了。在车上，我一直在想，幸亏没有看见人,事实上,那里什么都没留下来。倘若那里尚有一线人踪,我会像对杰瑞米说话一样,为什么你们不再活下去?你们应该活下去。

我已经去过那片让我恐惧的旷野了,还算安慰的是,你父亲并没有在那片遥远、晦暗的地方踟蹰。我知道,他告诉我不要站在雨里无望地苦苦寻他。

我们没有回旅馆,而是到一家陈旧的乡间旅店下了车,在一幢宽敞的木屋的入口处坐成一排。一位部长和林·切尼——副总统迪克·切尼的夫人——发表了一段让人无甚印象的讲话。我为什么要来这儿?我们已经参加过葬礼了,我想。屋子的天花板很高很高,窗户很大很大。我把视线投向窗外,看到风儿从树上掠过,忍不住又哭了。你在我怀里喝着奶。

隔壁是一间餐厅,一个小时后,我们都涌在里面挤作一团。我们这个团体的人是否都能坐到一块儿,我们有点怀疑——我有自己的队伍,格里克家有杰瑞米的兄弟姐妹们,加上他们的孩子、配偶和女朋友。一场复杂的讨论开始了。

"这是我坐的位置。"我坐在一张椅子上大声宣布。我已经没有力气去挪动家具了。

我们分成两个团体,在两张相邻的桌子旁吃着面条。随后,林·切尼与她的女儿一起出现,向在座者致了慰问词。我感到她是如此亲切,但是你父亲会说——正确地说——这太政治化了。几千人冲进雨里与我们一起放声痛哭。此情此景，不可否认，是发自肺腑的。也许是杰瑞米准备好的，如果无法取得胜利，至少也得给高头怪物奋力一击，不管怎样，总能让人心里好受一点。

一位妇人走到我跟前。杰瑞米提到她弟弟了吗？她弟弟是个身材魁梧的人，杰瑞米说有三个人高马大的乘客准备与他一起冲进驾驶舱。她描述他的样子。我没法向她提供更多的信息，因为杰瑞米没怎么提及其他的乘客。我们一味地专注于自己的事情了。

"你知道，你弟弟可能在那儿，"我告诉她。"听上去好像比较合理。"

感谢上苍，我对你的父亲是如何度过最后的时刻还算知道得多一些。可是，那天早晨，有那么多人就这样无声无息地消失了，甚至还没有人知道是怎么回事、在哪儿或者是为什么。我知道在哪儿，也大略知道是怎么回事儿，我开始强烈地想知道——我必须知道——为什么。

我们的队伍有自己的小型巴士，餐后，我们匆匆赶回度假地入住，结束这个漫长、奇怪的官方日。一回到饭店，我便想要按摩，这是我的一大奢侈爱好。这样做会放松些。在毛巾下刚躺了几分钟，我顿时感到疲软无力，控制不住自己的情绪，呜咽起来。我试图掩饰，可转念一想，这个男按摩师可能知道都是一帮孤儿寡母住在饭店里。尽管信任陌生人的不仅仅是我一个人。

还好，按摩的时间不长，否则我会像头小牛一样哀号。此后，我直奔吉姆和金的房间。我需要啤酒和友谊，我贪婪地渴望这两样。我让外公照看你，让我得以享受海岸的清馨。七泉度假地很大，遍布着奇形怪状的走廊和转角。似乎每一个角落都有一个93航班的成员，包括成倍的格里克家人和欲言又止的陌生人。这里是全天遭际的一部分。每个人都想走到我身边，跟我说说话，也许是因为他们还在伤痛中，或许是因为我是9·11全部经历的某种标准。但是我什么都给不了他们。没有眼泪，没有微笑，也没有一丝情感。我只想在走廊里赶走万千杂念，因为整整一天下来，我已经没有力气再去悲伤，再去想念你的爸爸，再去自由交谈，再去清楚思维……没有了，没有了，什么都没有了。在这二十四小时里，我成为公众的寡妇，我从心底感到厌倦。

“噢，吉米，给我来杯啤酒。”我闯入他的房门，一头栽进沙发时说道。

“上帝，你是要一杯。”吉米说着，变着戏法给我拿了一杯。

第二天，豪华轿车把我们带回了新泽西休伊特的家中。我感到我再也不能参加像失事现场悼念会这样的活动了，我太没经验了。我已经拒绝了一个来自白宫的邀请，那是参加国会上下两议院的一次特别联席会议，总统布什将在那里向公众发表有关 9·11 的演说。他们为我们提供军用喷气机飞赴华盛顿。我告诉他们，不。利萨·比默——她的丈夫托德也在 93 航班上与劫机犯搏斗——将很好地代表我们全体人员出席，她的确深孚众望。我明白这并不是来自华盛顿的最后一次邀请，而现在，是让你和我回家的时候了。

吉米·贝斯特和我的朋友们，安娜、莎丽陪着我过了好几天，他们睡在客厅里，我们像是重返大学时代。自从你爸爸离家去机场后，这是我第一次来到绿林湖边的房子，在这里，我发现了一种时代文物密藏容器，把他最后几个小时在屋子里的情景封存下来。纸质的咖啡杯里有一片咀嚼过的口香糖，他午餐后留下的比萨盒，一张便条上提醒他别忘记把白色 T 恤衫打包。出于某种原因，当我看到烘干机里他的衣物时，突然间失魂落魄，愣怔在那儿近一个小时，不知该如何处理他洗好的衣物。

说来奇怪，某些事情会让人恢复勇气。总要在杯子里剩下点牛奶是耶利米小小的习惯，有好几个杯底都留下约摸一个指节长度的牛奶。我驱车前往他的单间办公室，去那儿打扫。那间办公室是在你出生前租的，离家大约一英里，在一家餐馆的楼上。杰瑞米归档的技巧包括把纸层层叠叠地摞在折叠式小桌上。在他的书桌里，我发现了一个装满了唇膏的抽屉，各种香味、各种款式的都有。桌子上搁着一套系列书——《新生儿父亲指导——如何养育孩子》。一卷关于婴儿的书不见了，肯定被他带到飞机上看了。

我进犯你父亲私人领地的行动在他的衣橱前打住了。我决定给他的兄弟和密友各赠送一条他的领带。我打算把他的衣服捐赠给慈善机构。我把东西打包后，全都搁在玻璃门廊里，这样，你能看见有关你爸爸的更多线索。我从来没有看过他的贮藏室。由于内心的惶恐，一想到走进那间屋子就会让我不寒而栗。

我一踏进家门，就不得不着手处理失事飞机上亡夫的后事，并因此而成名。头绪纷繁。我必须拜访律师，查看我们的遗嘱。得从机场取回我们的车，联邦调查局曾经把车扣在那儿，当地的警员非常仁义，他们把车从纽沃克取回，开到我的家门口。电话被祝福者、记者和朋友们打爆了。对于新闻记者，至少你懂得应对他们的规则。如果你说不，他们便假装把你一个人晾起来，如果他们死缠烂打，你得不停地说不，直到他们采取晾人的战术。大部分陌生人用意良好，行为端正。许多人心怀敬意通过电子邮件与你交流。几千封信、卡片和礼物从祝福者那里源源不断地寄来。屋前的玻璃门廊成了“9·11纪念室”，里面堆满了各式物件——写过话和没写话的T恤衫，棉被，玩具，一只鹰的雕塑放在台阶前面，与一首写在涂层纸上的爱默生的诗放在一起，艺术品，器具，以及一打圣经，一些小纸片像爆出的嫩芽似的夹在其中，标示推荐的章节。

两位越战老兵寄来了他们的紫心勋章，这是一个与众不同的、令人动容的姿态。可我想对他们说，杰瑞米和我并不在乎这个。杰瑞米并未签约参加反恐行动。他这样做无非是爱的举动，绝非战争。他只是做了他该做的，因为他如此渴望回到家，回到他的妻子，回到他才出生的女儿身边。一些礼物让我感到局促不安。有人寄给我一张保险杆贴纸，上面写到"'咱们干吧'：托德·比默对杰瑞米·格里克说的临终遗言"。一个年富力强的年轻人被爆炸掀出这个世界，他的临终遗言应该与保险杆贴纸没什么关系吧。或者，有一位本地人在每个假日都会给我们寄一个带着无檐小帽的小娃娃，随附的卡上写着："爱，爸爸。"愤懑之下，我一脚把它们踹到屋子的角落里。难道你不能以"自一位友人"的方式来署名吗？

除了这些事，我几乎把人们给我的每一件物品都保存了下来，想着它们可能会把你与9·11有形地连接起来，没准，它们比我的回忆和故事更加客观。我着手把信件分贴到三本书中去，等着有一天，你可以阅读——一本是朋友们写来的信，另外两本是来自祝福者的。那些引用圣歌并且说我们都是受上帝责罚的罪人的物件统统归入一个特别的信封中，外公和我管它们叫："苦行档案"。

另有一些祝愿太离奇了,我都不想再提了。有几个人仅仅是因为恰巧与杰瑞米·格里克同名,而觉得与我有关系。有一群这样的好事者打来电话,其中包括一位残疾的澳大利亚人,他打来电话时,我正在给你喂饭。他一遍又一遍地叨唠,他是多么想给你寄一件礼物,好不容易等到他挂断电话,你都睡着了,饭也没吃完。

我在家中开始给物品分类,任何一件含有杰瑞米音容笑貌的物品都显得弥足珍贵。我忽然发现,你与爸爸的合影没有我希望中的那么多。因为想着今后拍的机会还多着呢,所以没给你拍那么多的照片。然而,他的手机并未停机,我打过去,只是为了听听他的声音——平静、深沉,令人安慰——那是来自他的留言。一天晚上,我向吉米·贝斯特承认,他告诉我,他也经常这样做。我给金打电话,准备笑话一下吉米,但金也在这样做。同样还有杰瑞米的妈妈和妹妹。

“现在怎样呢?”我问金。“我们都要开始互致留言吗?”

金、吉米、戴安娜、莎丽、安娜——此前,我们曾组成一个亲密无间的朋友圈子,现在则要着手履新,采用恐怕只对我们讲得通的规则让大家更加紧密地联系在一起。

能在手机里听到耶利米的声音,我简直欣喜若狂,因为有些事情让我捉摸不定。我无法找到杰瑞米近期的录像带,杰瑞米与你合拍的就更少了。我甚至没法肯定有这样的带子。这件事像小虫一样咬啮着我的心。我还在找一些纪念品和护身符，但是这项工程太过浩大，为了不让自己像患了强迫症似的过度悲伤，我将每天的搜寻时间限制在二十分钟。

但那是你对付死亡的方式——你要找回自己失去的。你掀开表层，钻进久被遗忘的内核。第一层是他，他的存在。那个活生生的，呼吸着空气，与你相依相伴的人——他曾经实实在在地坐在餐桌边上，与你相邻，让空气变形，或者他和我们的哈巴狗——埃洛伊丝和玛克辛——一同躺在沙发上看电视，依偎着他，和你一样，都是十八英尺长；艾米，面朝下躺在他的胸前打盹。我路过时，他嚷嚷道："拍照，拍照。你快点儿拍这张。"因为此时，你的脸上正挂着一丝微笑，要不然，你摆出一副四仰八叉的奇怪姿势，一只胳膊向前杵着。

同样，我想起来我们在打趣时，彼此心照不宣的劲儿，俩人同喜同乐。现在，我真想开车随便去个什么地方，厘清思路，我喃喃自语："噢，耶利米，你错过了。那句话说得真妙。"

当然，有更多的表层掩藏在被人遗忘的地方。头等大事便是让人帮着照看你这个小宝宝，为了你，我得整夜整夜地保持警醒，所以，除了失去丈夫，被好心人和记者团团围住之外，我几乎成了一个勉强撑着、渴望睡觉、精神濒临崩溃的废人，一天要哭上二十次，身子骨极度虚脱。你爸爸曾经为我们娘儿俩付出过极大的心血，为了让我安心睡觉，他在深夜里要起来好几次给你喂奶。你早产一个月，不仅每隔一个半小时就醒来喝奶，而且你尚未产生任何吮吸反射。所以杰瑞米就在小指头上绑了一个小小的试管，放进你的嘴里，用一个小型注射器把奶打进你的嘴里。他非常喜欢给你喂奶。“我用这招立马和她绑在一起啦。”他说。我叫他“奶指老爸”。

秋日的一天，我的脑海中一片空白，正在屋内踟蹰，想把家务事了结的当儿，凑巧往二楼我的办公室书桌底下扫了一眼，结果发现一个很久以前买的录像机的电池充电器正插在墙上，充得正是时候。我一阵狂喜，因为我找这个东西找了几个礼拜，如果没这玩意儿，我就用不了那台便携式摄像机。我立即更换电池，按下弹出键，一盒磁带从摄像机中弹出。我飞奔下楼，把它放入录像机中。千真万确，那正是爸爸和你的录像。

以前，我从没看到过这盘带子。杰瑞米一定是在哪个下午和你单独在一起时拍的。你躺在一张可调节桌子上。片子从你的头部特写开始，你张着嘴，号啕大哭，而当他开始絮絮叨叨的时候，你马上安静了下来：

“嗨，漂亮宝贝——哦，别，别，别哭啦。”他抚摸你的脸颊和头顶。

“这不过是台摄像机。你好。今天，艾米六周大了。你好。你好好好好！你好好好好！”

他不停地抚摸你——你的头，你的胳膊。你睁着乌溜溜的眼睛瞧着他。

“说你好，艾米，跟爸爸说你好。说呀。小不溜丢的身子、小脚丫呀小脚丫，还有你的小脚趾头儿。噢，你说了！你好！你好！你好！好乖乖在想啥哪？我们刚刚蹓跶回来。多么美妙的散步呀。我们给你的小屁屁换了个小尿片。要给你喂饭啰，爸爸知道你饿了，你看，我们得马上停下来了……小可爱……她现在长了好多好多头发。”

他不停地抚摸你的头顶。

“我猜，你知道牛奶是从手指头里来的，不是这样的呀。”他咯咯笑着。

我发觉，录像带可能造成精神上的欺骗，但是终我一生，我从没像现在这般感激恩主所赐。像是一张来自天堂的明信片。这里一切都好。我还是你记忆中的样子。我给你安排了这些小小的惊喜。爱你，杰瑞米。我放声痛哭——势必如此。你和爸爸的这段录像我从未见过，我愣怔在那儿，如此意外，一阵欣喜、一阵狂喜。上天赐我如此重要的物品。我早就知道，你爸爸不会只把支零破碎的东西留在尚克斯维勒。一阵暖意荡漾心间，家中不再了无生气，一切正变得安逸起来。也许不会马上这样，但最终会是这样的。这正是记忆所在。往事依旧渗入现在的生活，就像一部老电影，终了时，仍在放映机的卷轴上兀自转动，等待有人前来关闭。

我慢慢领悟，如果你父亲能像现在这样出现在这儿，出现在这幢屋子里，他可能会在我从未想过寻找的其他地方。

# 小人行动了

## *The Little Man Makes a Move*

高中时代的甜心，1998 年秋

亲爱的艾米：

自打第一眼看到你爸爸，我们便找到了共同点——醉心于运动所带来的身体上的刺激。我呢，喜爱体操，杰瑞米呢，则投身柔道，但我很快就发现，尽管我从五岁起就是体操运动员，可他对柔道的态度较之我对体操的态度认真多了。柔道比赛的奖品堆满了他的卧室，他家离上萨德河我住的地方只有几英里。我们见面后不久，耶利米就获得了全国柔道少年组比赛的第三名，但他从没提过这事儿。不仅我不知道，他的任何一个朋友都不知道。他压根儿就没谈过柔道。谦虚是他的秉性，他审慎地对待柔道，从不四处夸耀。

我曾看过他与摔跤队角逐，他以绰号哈尔克（意即巨大笨重的人）出场。约翰也参加摔跤，但是到了高中，杰瑞米的发育程度远远超过约翰，可以参加 160 磅级的比赛，而比他大三岁的约翰才刚过 100 磅。约翰是个技术娴熟的摔跤手，但耶利米杀手的本性让他的比赛精彩绝伦。他对失败痛恨之极，因此能在气势上先行压倒比他壮硕、经验也更为老到的挑战者，绝少失手。耶利米以他的“立技”而闻名，以迅雷不及掩耳之势克敌制胜，往往比赛还没开始就结束了。他擅长近距离比赛，最终用此特长为自己的生命而战。尽管摔跤项目禁止采用柔道中有致命倾向的举动，他还是倚赖他的绝活——特技空翻和其他柔道的移动。

他训练得十分刻苦，但那并不仅仅是训练。耶利米以战斗为生。除了格里克一家子重点强调的体育文化，他与兄弟间的竞争和柔道夏令营之外，杰瑞米和他的好朋友金·班加什在爱荷华摔跤集训营度过了三个暑假，在长达月余的训练项目中经受皮肉考验，这一项目由丹·盖布尔——奥林匹克金牌得主，体育界的传奇人物之一——主持。

在冬季运动中，萨德·里弗·戴学校的篮球比赛通常吸引最大多数的观众。有一天，没有篮球比赛，于是整个学校都去主体育馆看摔跤比赛。对手是斯托姆·金，一所大型的私立学校，它的摔跤队实力远远强过小小的萨德·里弗·戴学校，在他们眼里，这场比赛不过是赛前的热身练习。

杰瑞米一粘到垫子，满屋子的能量就围着他急速打转，能量猛然窜升至高点。他的对手块头巨大、气势汹汹、布满了蜘蛛人般纵横纠结的肌肉。他和耶利米身体轧在一起，耶利米开局有点麻烦，总积分显然对他越来越不利了。这时对手漏出一个小破绽，在决定移动的一刹那走了神，我瞧见杰瑞米绽开一丝难以察觉的笑容，似乎他已经预感到这个将会发生。有一些稀稀拉拉的掌声。下一步，尽人皆知，杰瑞米把“蜘蛛人”高高举过头顶，像是举一块胶合板。他把“蜘蛛人”短暂地定格在那儿，随后重重地抛到地上，专业摔跤的手法。当人们看到那家伙暴跳如雷的时候，整个体育馆都炸开了，他的失利让局面混乱不堪。杰瑞米输了这场比赛——仅以小比分之差，但斯托姆·金自那以后再也不敢小看萨德·里弗·戴，翌年，杰瑞米赢得了他参加的每一场比赛，并最终夺得全国比赛的第四名。

杰瑞米在学校表现出色，在他喜爱的学科，如英语中，成绩尤为突出。他热衷写作——故事、诗歌、信件。他热衷阅读，拉尔夫·沃尔多·爱默生成为他的专宠。爱默生某些引起人们争议的个人主义正合耶利米的脾胃。他能熟记爱默生的篇章，特别是《成功》这首诗。

至于让耶利米做他不喜欢的事，那可是连一列火车都拖不动他的，他的智力毫无瑕疵，并因此成为萨德·里弗·戴学校的杰出学生之一。但是你父亲在高中时代却过得不轻松。从小就认识他的朋友，觉得他作为未成年人未免有些强硬，过于忧郁。我从没见过他的这一面，但我知道，他经常与具有决定权的父母发生矛盾。他有着恶作剧、不计后果的个性，与这个谨言慎行的犹太家庭格格不入。这个家庭中有四个男孩和两个女孩，经济颇为拮据，每个人都得认真工作、全力以赴、珍惜时间。

对年纪稍大的孩子而言，这种情况尤为艰难，但是约翰和詹妮弗不会像杰瑞米那样去挑战父母。他试图正面挑衅他们。倔驴一个。从不低头。他是一个高高大大、体格强壮、性情极端、愤怒不满的孩子，体内积蓄着一百万伏的能量。任何一家子都会甩个套索拴住他，让他规矩点，但这世上没有一家做得到，更不用说在新泽西。当然，格里克一家更是拿他毫无办法。

他们还是试了几次家法。相当严厉。他总想在晚上出来看我，但是遭到他们的千般阻挠。于是他只能鬼鬼祟祟地溜出家门。不然，他在午夜后从屋里偷偷爬出来，与吉米·贝斯特和金·班加什一起去干些疯狂的事——他们自命为夜游神——把他爸爸的卡迪拉克推到格里克家车道上，这样发动车时，才没人听得见。曾经有一次，他们脱得光光的，每看到一盏灯就交换一次座位。在数九寒冬的深夜，他们睡在桥底，躲在报纸下面瑟瑟发抖。你父亲只是想在深夜里找点乐子。而为此付出的代价便是在屋内关禁闭。为了摆脱长期禁闭导致的头脑发疯，他一连几个小时的玩杂耍，或是玩溜溜球，结果他又成了这方面的专家。

杰瑞米在他家里老是闯祸，于是多数时间我们只好待在我家里。我家人不多，讲规矩，特别是我和我爸爸之间。我是听爸爸话的乖乖女，从未受到过责罚。外公对年轻人很和善。他会从《纽约邮报》找一些血腥的标题——《父亲用斧头砍杀亲生子》——把它粘在冰箱上嘲笑我们。杰瑞米和外公很快就对上眼了。

杰瑞米和他爸爸之间的关系错综复杂，但是都爱着对方，两人也是心知肚明。杰瑞米尊敬父亲，想从他那儿学习。尽管两人冲突频仍，但依然保持对话，依旧双双旅行，比如，耶利米十七岁那年去弗罗里达参加柔道聚会。虽然他受过严苛的训练，可仍然输给了某个技不如他的选手。

他们一齐飞往弗罗里达，在回家途中，耶利米对输掉比赛大发雷霆。奥帕让杰瑞米把想说的都说个够，尽情发泄。

“我闹不明白是怎么回事。我压根儿没想到我会输，”耶利米说道。“我甚至从来就没这个念头。”

“没准，这是他赢的缘故，”奥帕说。“他知道他可能会输，所以他没有思想包袱，只要求自己全力以赴。”

耶利米陷入思索，乡村美景在机翼下方一掠而过。

“要综合考虑所有可能的因素，这样肯定会好一点。”他最终说。

在他长几岁后，反抗行动变成周期性的发作，因而导致他和父母的紧张关系不断升级，并进一步影响到我们的关系。他是群狼战术的作战首领。以我较为保守的标准来看，他处在出轨的边缘。他开始与吉米·贝斯特或其他的什么哥们去纽约城，泡夜总会，夜不归宿。

艾米，事情是，哪怕你父亲有着不良的少年记录，但这居然也能展示出他无私的品性，不无奇特。比如，有一个派对——杰瑞米高中阶段惟一在家举办的——金·班加什跳入格里克家的卡迪拉克——劳埃德·卡迪拉克——在屋子前的街道上不停地打转转，直到汽车尾部冒出滚滚黑烟。这股黑烟不仅从排气管喷出，而且从车后窗后部的几乎每一个部件冒出。传动装置爆炸，传来一阵沉闷的声响。金属碎片四处迸射，微红的液体淌到地面上，车终于摇摇摆摆地停了下来。派对也宣告结束。卡迪拉克“临终”时的表现让你父亲受到指责，他把责任全揽到了自己身上，尽管他啥也没干。

杰瑞米的爸爸还有一辆破旧的栗色达特孙私家车。卡迪拉克之灾发生后不久，杰瑞米未经父母许可，又借了达特孙，与一位叫作吉莉恩——漂亮而有天分的舞蹈家——的同学驱车前往纽约观看演出，作为英语课的实地考察旅行。他们在狭窄、曲折的韦斯特赛德高速公路的左道行驶时，被另一辆车擦边碰撞。小小的达特孙被弹出公路的中间带，一路翻滚至人行道上。吉莉恩一侧的窗户粉碎，她不像杰瑞米，没系安全带。杰瑞米靠着一只手在翻滚的车中撑住自己，另一只手使劲抓住她的裤子后腰，设法把她扔到车后座上。达特孙终于停止翻滚，四轮朝天，横在路右侧的故障道上。

当吉莉恩的母亲赶到医院来探视女儿的时候，杰瑞米像鸡啄米似的就事故一个劲儿地向她赔不是，但最终每个人都不得不承认，如果不是他把她从前排座位猛拽到后座，她将被甩出窗外，性命堪忧。

一回到家里，杰瑞米就因擅自使用并损毁他父亲的另一辆车而被关禁闭，这一事故几乎要了别人的命。但换种方式看，纯粹就结果而言，每个人数年后仍念兹在兹，惊讶不已的部分在于，事实上，他拯救了一个人的生命。有些事，很多人一辈子都不会去做，而他在十八岁生日之前都做了，并以真实的方式来呈现，从死神手中夺回生命，这与柔道运动员的身份相称。甚至他极端可怕的厄运也会以某种方式让金子放出微弱的光芒。他如有神助，能将真正的倒霉事扼杀在摇篮里。这是一种魔力，可能是吧。

与杰瑞米的成长相比，我的生活可自在多了。奥帕是个电脑程序员，于20世纪60年代后期步入这一领域，那是真空管的年代。尽管他曾在一系列上规模的公司干得很出色，但毕竟有一大家子要养。你外公创立了一家颇为成功的市场调研公司，而且只养了两个小孩，皮特和我，我们可以做一些譬如赴欧洲度假的事。梅克利一家强调教育重于财产，在这一点上，与杰瑞米家还是蛮像的。

我和杰瑞米的关系日渐微妙，于是我决定和外公在高中最后一年寒假一起去英国，他和我驱车前往纽约取我的护照。回来后，我向你外婆状告外公的陋习。

“妈妈!”我说。“你该瞧瞧爸爸今天在工作中喝了多少咖啡，又抽了多少支烟。”

“噢，理查德。你也不想想干嘛这么折腾你的心脏。”她责备我的父亲。

他们开车去温德姆的房子度周末。第二天，即周六，我去纽沃克看杰瑞米的摔跤比赛。我患了感冒，那天晚上没让杰瑞米在我家过夜。翌日黎明时分，我自个儿待着，醒来时听到楼下传来脚步声。蹑手蹑脚地走上楼来。我悄悄开门，往大厅偷看。原来是乔叔叔。

他为自己擅自进入而抱歉。

“你爸爸在医院。他有点消化不良。”他说。我忍不住哭了。这种掩饰太显而易见了。

乔叔叔接通了杰瑞米的电话，他把实情告诉杰瑞米：消化不良是严重的心脏病的症状，他目前正在奥尔巴尼医疗中心接受重症特别护理。此刻，我实在控制不住自己，号啕大哭，杰瑞米在电话里都能听得到。他说他马上赶到。他父母命令他留在家里做家庭作业。他没法离开。

“我必须陪利兹去医院。她爸爸病得很重。我不知道啥时候回来。"杰瑞米说着，就从家里出来了。

我们赶到医院时，爸爸正躺在担架上，从一间病房转移至另一间病房。他的脸色铁青，全身布满白色的胶带和塑料管。情况看来不妙。

耶利米和我出去走了一会儿。他告诉我他的弟弟约翰几年前曾患过一种少见的血液感染，当时危在旦夕，但这一切很快就改变，不久他就回家了。

"你知道吗？有些事情，即使它们看起来很糟糕，但还是会好起来的。"他说。

我想立马叫他滚蛋：瞧瞧，我们对将会发生什么事连门都摸不着，如果真像你说的那样，我何必在这儿哭上一个小时呢。但是他不停地解释，好像他的确知道事情会发展到哪一步，只因他此前曾经历过。他那种肯定的神情赶走了我的恐惧，尽管他可能像我一样焦虑不安。

外公做了血管重建手术，在医院住了很长的一段时间，最终痊愈。他才 47 岁。自那以后，他放慢了节奏，从生意场上——暂时——退休。萨德河畔的屋子几乎归我所有，因为外公和外婆去温德姆休养。杰瑞米常常来，我承认，心脏病事件把我们俩的关系拉得更近了，至少有一段时间如此。爸爸妈妈每隔一段时间回家，留一张购物支票，我们用这钱买了许多好吃的，暴饮暴食。那年春天，我俩所有的朋友，以及任何一个想找地方住的人，只要是我们认识的，都待在我的屋子里。

杰瑞米和我的关系开始恶化，即使是吃一顿常规的垃圾食品也无法掩饰。当我们被选为舞会的皇后和皇帝时，我们的关系已濒临破裂的边缘。他打算赴纽约北部的罗彻斯特大学求学，我则意欲入学缅因州丛林深处的科尔比学院。我要寻找自己的生活，拥有自己的生活。他为此变得有些抓狂。我不能任这种事态由于长距离的浪漫而加剧。

杰瑞米对分离郁郁寡欢。他垂头丧气。我们发生了争执。导火线源自毕业前不久的一次派对，杰瑞米当着我的面亲吻我的一个朋友，我动手打了她。我们分离并不意味着我能容忍某个女孩当着我的面愚弄他。

杰瑞米去了大学，没了女朋友，那是自高中第一天起就让他迷恋的人。他到罗彻斯特后没几个小时，他父母从他的随身物品中翻出了吗啡。杰瑞米和他的朋友之间也立刻出现裂痕，在随后的几年中，他成了个没人爱搭理的人。联系中断。杰瑞米感到，可能在他生命中第一次，彻头彻尾的孤独。

大学的第一个学期，我是在法国第戎度过的，科尔比学院有一个交流项目。所以我对杰瑞米的处境不甚了解，但是我知道给予他同情，这种同情是通过精心准备的包裹来传递的，里面塞满了小甜饼和香烟。尽管他处境很背，但是在某种程度上，这对我俩更像是苦乐参半的回忆。他给我用漂亮的信纸写信，一写就好几张，我们通着长长的，醉醺醺的越洋电话——他狂灌啤酒，我品着红酒。

耶利米曾在电话中说，有时他感到我们就像小人移动的两枚棋子。小人在他的计划中注入了很大的能量，他试图让我们俩排成行，但是他毕竟不是最聪明的人，事情总是出错。比如，我羁绊在法国而杰瑞米去了罗彻斯特。但是有一天，以某种方式，小人会让我们重归于好。

“他一直在试，”耶利米说。“也许在成功前，他还要再挪动其他几枚棋子。”

“可能他喝得比我们还多。”我说。

“醉酒的小人。”他说。

“醉酒的无所不能的小人。”我说。

“真可怕。”他说。

他给我写的信天马行空，充满异想，满怀渴望。他曾经在我们高中的文学刊物上发表了六首诗，但是我却从未注意过，直到他在信里把这些诗的复印件寄给我。其中的两首是爱情诗，显而易见，是我激发了他的灵感——一首以他给我取的昵称“婴儿蓝”作为标题。其他几首诗则完全从别的地方取材，比如一个遥远的所在，一声来自未来某处的呼唤，长长的，而又冰冷的。

## 上天的救赎

刺破云端，

张开双臂，风轻拂背膀。

挣脱地心引力的牵绊，

一个灵魂与自由的象征。

雷声轰鸣，

震碎宁静，

空气中传来阵阵啸叫。

穿透苦痛，

双臂合拢，

优雅的滑翔变幻身形

无序俯冲。

生命与地面会合

运动停止。

可再一次地，自由。

——杰瑞米·格里克

# 通往白宫之路

*My House to the White House*

格里克一家访问白宫，2001 年 12 月

亲爱的艾米：

栖居在绿林湖自有它的闲适，但是，孤独依然时不时地袭来，我要照顾嗷嗷待哺的你，这份责任异常重大，此前曾有杰瑞米与我共同分担。我必须想办法哄你睡觉。杰瑞米精于此道，他经常哄你——各种招数一起上，安慰、抚摩、拟声（水、电扇、鲸鱼的歌），最奏效的方法是，让你四仰八叉地像只小猫似的睡在他的胸前。我叫他催眠精灵。他的确擅长。不要问我为什么。

现在，我化作了催眠精灵。两者必居其一，或者做一个催眠精灵或者甭想任何休息。耶利米去世后的第二天，我就开始这样做了，他曾经借了一张蓝色的摇椅，我摇啊摇，巴望着你安然入睡。我所有的朋友都说，“你得让她哭出来。这样对你好。婴儿要学会自己睡觉。”但是我放不下你，让你自顾哭泣。我感到你已经失去了那么多，我只想安抚你。我不想让你感到不安全。耶利米绝不会，也不曾让你在床上哇哇大哭。

自从耶利米去世后，我们就睡在一起。你睡得可比我踏实多了。这时,我想起了我们的儿科医师问我你在晚上的表现。

“她自从睡在我的床上后,安稳多了。”我说。

“我不赞成一起睡。”他说。

“如果我为了多睡一会儿而做了不得不做的事情,你会不会同意呢?”

他看了我一眼。面露同情。

“只要对你们俩好,怎么样都可以。”他说。

我很高兴获得了儿科医生的支持,因为除了我自己的独出心裁,在这个广阔的世上,我所拥有的助你入睡的独门利器是一张金属框架的椅子,上面铺着布,只要你一碰到按钮,椅子就会自动摇摆,演奏音乐。这张弹力椅的确奏效,一旦其他手段都无济于事的时候,我就把你放在里面,打开开关,感谢上帝,价值 89 美分的塑料电线充满着神力,送你进入梦乡。这把椅子有它的历史。耶利米和我曾经把它固定在餐桌中央,像植物摆饰,我们吃饭的时候就把你放在那儿。我们跟朋友一起吃烧烤时,这张弹力椅就会放在野餐桌上,等到小睡的时间,我们就把你放在手边,轻轻摇着。这是一件多好的用具。我把它搁在床边上,以备你醒来时使用。

毋庸赘言,如果没有这张弹力椅,我哪都不去。所以,当我接到邀请,参加在白宫为所有 93 航班的家属举行的纪念活动时,距我从尚克斯维勒回来才几天,我关心的头等大事便是我能否带上这把椅子,因为那个金属框架没办法折叠运输。试了好几次,我还是闹不清它是否能与其他婴儿用品一同装进车里,白宫之行当然夭折了。因为偌大一个政府行政部门没有一个地方可以替代弹性椅。

我居然能够如释重负地离开绿林湖的屋子,踏上前往白宫的旅途,格里克家人与我做伴。不像宾夕法尼亚之行,谢天谢地,这回仪式部分保证简短。我现在无心重返纽约城的商学院工作,在飞机失事前,我一直在那儿教授社会学。我还得处理一些事情。漫长空虚的时间像一剂作用在我身上的毒药,缓缓地,缓缓地,发挥着作用。

去白宫或是见总统,我倒不是很起劲。我对名人向来不感兴趣,几年前,还在克林顿任期内,我在公共关系部门工作时,曾经去过白宫。我还是不愿飞行,再一次,一辆豪华轿车载着你、我和一支缩编过的队伍——外公、我哥哥皮特和吉姆·贝斯特。我们在凤凰公园饭店过夜,这是我第一次在没有杰瑞米的情况下独居旅馆。电视整晚整晚地陪伴着我。第二天早餐时,杰德·格里克在邻桌吃饭,我从杰德身上清晰可辨地看到了杰瑞米的影子,端着的玉米片失手洒落在地。

我们必须抓紧时间,准时赶到白宫。由于下雨,仪式被迫由玫瑰园改在白宫里面举行。进入建筑后，我们被引领至右手边的一个小型图书馆，93 航班的家属都在那儿聚集。我没有跟任何人交谈，只是忙不迭地审视着挂在墙上的历任总统的画像。我在泰迪·罗斯福的画像前驻足，我对他充满着特殊的敬意，我开始随时光倒流，时空中，只剩下我和罗斯福总统：五年级时，我是如何写了一份关于他的宏大报告，并且打扮成他的样子；大学时，为了躲避我的课程论文，我又是如何一头扎进图书馆的地下室，在积满灰尘的《国家地理》中流连，从 20 世纪初叶浏览到有关罗斯福的文章和他的非洲之行，在那里他举行了一场大规模的狩猎游戏。你爸爸对他充满好奇，因为他在大学时代曾隶属于“阿尔法·德耳塔·菲”，杰瑞米与他同属一个组织，同时还因为他创立了国家公园体系，我们婚前常常在公园里露营。同样，我记得杰瑞米和我于倾盆大雨之中在落基山脉狂奔，闪电击中头顶的绝壁，我们纵声大笑，也就是在那次旅行中，我们定下了婚约。

一扇门被推开了，他们把我们带到另一个房间，布什总统在那儿迎候我们。我听到的每十个字中就会有一个信息在说我们的家庭成员是英雄，这句话已经是老生常谈了。布什提到你爸爸的名字，这句话活生生在我的肋骨上又捅了一下，提醒我，我来这是因为他死了。我们在一间大型客厅外整齐列队，这次，我们一家子排在了一起。乔治和劳拉·布什在里面,他们给我们每个人几分钟的时间。我排在队伍的第二或第三个。

我走近总统,他的双眼盈满了泪水。他知道我是谁,但是他似乎极度悲伤,难以言语。他拥抱了我。

劳拉·布什看着你,说:“她真是个漂亮的小东西。她看上去真像她的爸爸。”

随后,我们被带到另一个房间,里面有一张大桌子,上面摆放着茶水和甜点,一些小孩子四处奔跑,在桌子底下钻来钻去。人们走到我跟前,提出一些稀奇古怪的问题,像“某某人有预感,她的丈夫那天不宜飞行。你有那种奇怪的感觉吗?”彼时谈这个问题似乎不合时宜。我无法汇报有那种早期超感。接着,我认出了利萨·比默,我们以前曾经见过。我们聊着她的怀孕和她的孩子们,我立刻感觉好多了。我还碰见了迪娜·伯内特,她的丈夫汤姆,曾一同冲进驾驶舱。她的身边陪伴着三个美丽的小女孩,头上戴着整齐划一的蝴蝶结。我很高兴迪娜,利萨和我压根就没谈93航班。

出来时,我们由人护送着,经过一个长长的玻璃大厅。一侧你可以看到花园。我们经过时,白宫几十位工作人员在大厅中啜泣。太多了。我能感到,这堵悲伤之墙,像雷暴一般横扫走廊,悲伤压过了希望。一些人显然认出了我,因为我曾经在电视上露过面。此时此地,他们把埋藏于心底的祈愿带给了我。这是一种悸动、绝望的感觉,我在其中挣扎,把所有的情感灌注于指尖,用指甲深深地、死死地嵌入掌心,直至感到鲜血的流出。从那以后,只要我置身于这种熟悉的情形之下,便使用这种指甲术,用疼痛驱走恐惧。

绿林湖的电话响个不停。媒体、祝福者以及星球上每一个需要我的时间的人把我的宁静时光都给侵占了,这宁静还是在照看你之余仅剩的那一点点。杰瑞米的公司在他们的网站上贴出通知,表彰他的行为,但那并未阻止他们不停地烦我,让我把杰瑞米的传真机和电脑送还。

"你们知道吗?我自己整天在带一个十三周的婴儿,"当他们打电话来的时候,我告诉他们。"如果你们非常想要它,过来取不就行了嘛。"

亨特·汤普森,你爸爸最喜爱的作家之一,曾经说过,狡猾之人逃之夭夭。

我采纳了汤普森博士的建议——一不做,二不休,跑了,和我哥哥皮特及其女友一起来到外公、外婆在南加利福尼亚基亚瓦度假的屋子。基亚瓦是高尔夫胜地,这也是外公想在那里待着的缘故,尽管我自己不喜欢高尔夫。基亚瓦有着异常迷人的海滩,开阔而洁白,每天我都沿着海岸散步。哈巴狗也临时随我来到基亚瓦,我们四处追逐它们。最终,我找到一片宁静的所在,坐下来与你爸爸交谈,在沙滩上书写他的名字。这是一个浑浑噩噩的时刻。我依然在努力判断到底发生了什么。我在海滩上一坐就是几个小时,试图把那天发生的一切理出一条线索来。我知道,除了我的父母,没有人在这座岛上。而我从十七岁以来,一直没能够与他们长时间相处,不久之后,我开始感到重重的围墙正向我逼近。

我接受了一些采访,一些是报纸的,一次是为了一本书,加上奥拉弗·温弗瑞的脱口秀,这个节目很多人都在看,我想她把电视最基本的人群都覆盖到了。我对一位又一位记者重复着同样的事实,讲同样的故事,在同样的地方哭泣,最后觉得自己就像一块被搅碎的抹布。我感到崩溃,因为我不想让自己成为官方的 9·11 英雄寡妇。只为这一件事,我做了太多的工作。然而,我无法忍受杰瑞米所做的努力会被人忽视。所以,我接受采访,但是我对次数和类型有所限制。在奥拉弗采访的那个早上,我几近崩溃,但是她的节目是有关精神创伤的,她把这些人重新聚在一起,所以我再合适不过了。

所有的采访都围绕着我与杰瑞米的最后一次通话。这让我不断地想,杰瑞米看到恐怖分子带着一批武器登机时会有多么的诧异。

“我不明白这些人是怎么携带武器登机的。”他告诉我。

劫机者携带的一把刀在尚克斯维勒被发现,这张照片刊登在一份新闻杂志上。这把刀锯齿锋利,刀身长大,简直是为屠戮准备的。在这个世界上,没有任何人可以带着像这样的东西登上任何一架飞机。这一认识迫使我对这一问题的思考不断深入。我开始明白,93航班的悲剧不是上天所为,决非偶然、事出意外,而是由航空公司或其他地方的职员玩忽职守所致,他们理应肩负起保护乘客生命安全的责任。

在基亚瓦,我发现自己孤注一念地思考那天早晨几个事件之间的前后时间顺序。我难以自拔——这一时间表本身需要人们进一步查证。我想得越深入,事态就越发明晰,你爸爸所在的航班存在的问题不应该适用于其他几架遭劫持的飞机。联航93航班于早晨8:42分起飞时,这时其他几架飞机已经遭劫持,而它是最后起飞而且也是最后被劫持的。在它驶上跑道之前,美航11航班已经被劫持,这一消息早已通过空管员发布出来。联航93航班起飞五分钟后,美航11航班即撞向了世贸中心的北塔,这一情景被杰瑞米之后的一架飞机上的乘客目睹,航班当即宣布取消。甚至在此之前,早晨8:15分,人们已经知道另一架航班,175,已经被劫持,并于9:03分——第一次撞击世贸中心几分钟之后——撞向了南塔。

与此同时,根据无线通信和驾驶舱声音记录仪,杰瑞米的飞机直到早晨9:30分才被劫持。差不多是在一个小时之后，所有的恐怖活动都已经暴露在空中，但没有任何人采取任何措施，直到 9：40 分，联合航空接到联邦空管局的命令，才指令所有的飞机立即着陆。坐在联航 93 航班上驾驶的人员无视这一指令，未经任何许可，它早已往东南方向飞去，直扑华盛顿。

这一连串触目惊心的线索，导致了一个无情的推断：在被劫持的飞机中，杰瑞米所在的那一架本来是有可能获救的。这一想法让我失却了最后的希望，最终我会考虑对航空公司诉诸法律行动。现在，我还在详细思考这一系列事件的前后关系。

针对 93 航班的特殊情形，有一些观点简直让人心烦意乱。布什总统口口声声表达着他个人对杰瑞米和其他乘客"拯救"白宫之举的感谢，但是我明白，他这样说是言不由衷的。副总统迪克·切尼已经向记者承认，总统本人授权，如果飞机继续飞往华盛顿，军队可以把飞机打下来。那天早晨 9：30 分，至少有三架 F-16 战斗机在空中，在首都周边的防空边界以每小时 600 英里的速度执行飞行任务，这些战斗机的飞行速度可在瞬间提升至最高时速（超音速）1 500 英里。当 93 航班飞抵尚克斯维勒，距首都仅 180 英里时，空军距摧毁这架飞机的时间不会超过 10 分钟。

在采访中，有人抛出一个自以为是温和的问题，我是否因为杰瑞米拯救了白宫而自豪，他们绝不会料到，答案大大出乎他们的意料。我答道，我不这么认为，因为他并未拯救白宫，他也没有必要去拯救，因为白宫有能干的空军守卫，事实上，他们准备在空中炸毁我的丈夫和其他四十位公民。我向《日界线》的一位采访者提及此事，她差点从椅子上跌下来。

杰瑞米的行动抚平了一个国家的创伤，这一创伤本来可能成为 9·11 不能承受之痛，但瞬间，人们获得了支持与安慰。我为你爸爸骄傲，他始终牢牢抓住自己的命运，就像他经常做的那样。正因为是杰瑞米，他才不愿坐视恶果的发生。他为我们留下了这个精彩的故事，一个国家的神话，我们的伤痛因此得到了升华。他并未拯救白宫，但是他却向我们清晰地展示了潜藏在灵魂深处的那一部分，那就是挺直了腰杆大喝，你敢揪着我一起撞地，我就决不饶恕你，我将与你血战到底，我比你所了解的更为强大。在历史的某些瞬间，放大道义上的胜利，胜过其他的方式。

我承认，尽管我理解布什为什么下达击落的指令，但在得知这一情况时，还是气愤难平，甚至还更赞赏杰瑞米和其他人先期完成了这一使命。让我们的空军向一架满载无辜的美国公民的飞机开火——无耻、简直无耻之极，却又不得不忍着。一旦这样的事发生，我和其他未亡人的生活将变得艰难异常——明知亲人亡故的直接原因，却又得强行按捺住对自己政府的天然怒火。

我在基亚瓦还想到了其他事情。我的思维一刻不停。如果今天脑子里没占满事，它就会从过去挑点事出来，而且这是它惟一感兴趣的过去。

你、我与外公外婆在基亚瓦岛住了快两个月。在那里，我们度过了感恩节，一个让人刻骨铭心的哀伤节日。我勉强吃了两块南瓜饼——杰瑞米的最爱，其他的动都未动，一块是为了我，一块是为了他。感恩节是我心绪的低谷时期，这是一个标志，基亚瓦的休养治疗该结束了。我绷紧了弦，一日之内从南加利福尼亚赶回新泽西，只在加油站和给你喂饭时稍作停留。回家，真让我高兴。

回到绿林湖的房子后不久，门铃响了，我看到两个素不相识的人站在门前，他们手里端着砂锅炖荤素什锦。这位妇人说，她是从湖对面过来的，专程为我炖了用巴尔马干酪调制的小鸡。我无所适从，自顾流泪。我说，“对不起，谢谢你们，但是……”我当着他们的面关上了门。在陌生人面前失态，我有种难以形容的尴尬，那些人纯粹是出于好意，可在离去时，想到他们的到来让我更加沮丧，毫无疑问，感觉会很糟糕。他们不知道，在他们造访之前，我哭了很久很久。

这事过去大概一天左右——这种突然造访不是一个独立事件，或多或少每天都会发生点儿——我开始参加一个9·11幸存者治疗小组，每周三进行，为时一个半小时，那儿离休伊特不是很远。我曾经接受过一位私人临床医学家的治疗，她是位非常神圣的女人，我在怀你之前曾有过流产，在她那儿，我感到身心舒畅，但我仍然需要其他的治疗。在治疗小组里，通常我不认为自己是那种将感情一股脑儿暴露给一群陌生人的人，但在这里，我是一位31岁，感到一切都不正常的人。我生命的轨迹看起来有些怪异。我花了一些时间与利萨·比默在一起，那儿有种无言的惬意，尽管我无需解释一些事情。我最亲近的朋友给予我他们的同情，但他们仍无法彻底了解我的内心世界。

治疗小组聚集在一幢公寓里，紫色大门，门内有心理健康设备，人们在里面忙忙碌碌——我不知道为什么会是这个样子。我步入一间屋子，里面摆放着沙发、椅子，还有十几位妇女围坐在一个纸巾盒的周边。

我迟到了。医生做了一个简短的介绍。我坐在沙发上。除我之外，其余的妇女都是世贸中心的幸存者，十位寡妇，两位母亲，也许有一两个寡妇的小误差。组员有戴恩，她在世贸中心大楼的倒塌中失去了丈夫。戴恩住的离我很近，是我在小组中最先接触到的人。

在一番自我介绍之后，一位妇女开始讲述，除非她不能讲。她发出尖利的叫声。一阵寒颤滑过我的脊梁。死亡的气氛充斥着这间屋子，这是死亡发出的声音。接下来，由其他人讲述，我开始随着听到的每一个故事，注视着每一个讲演者的脸。一位妇女正在怀孕，一位正在生病，故事一个比一个凄惨。我克制住想逃离的冲动，想着，天哪，我的故事同样凄惨。我必须离开这里。

接着，我开始讲述。

“我叫利兹·格里克，是杰瑞米·格里克的妻子，他在93航班上。”我说。如果你用一支枪顶住我的脑袋，我也想不起来从我的嘴里冒出过哪些字眼。我的讲话受到组员们的欢迎，坚冰渐渐地消融了。我们诉说着各自的故事，传阅着亡夫的照片，小组里的人也同样认识了他们。大多数罹难者在金融服务公司就职，一些在坎托菲茨杰拉德。一位成员的丈夫是消防队员。一只只手不停地伸向中央的那个纸巾盒，我的手也在其中。

刚开始，人们对其他人的故事反馈不多，但没这个要求。我们对分享资源更感兴趣。你跟红十字的谁说过话？在验尸员办公室你跟谁说过话？你听到什么啦？你拜访过哪位律师？你能推荐什么人吗？

我带你参加起初的所有会议。针对我个人的治疗也被安排在周三，当我与海伦交谈的时候，你就坐在我的膝上。我开车前往新泽西9·11小组，在这半个小时的车程中，你会打会儿盹。到了以后，我得把你的车座一同卸下来，放在屋子中央，这样你可以在整个诊疗期间呼呼大睡。

我们谈了许多关于孩子的事。这是此番经历中最引人关注的事宜之一。作为母亲，我感到彻彻底底、完完全全的孤独。戴恩，我在小组中最初的联系人，有一个儿子，迪安，比你还小几个星期，大多数妇女都有年幼的孩子，从两个9·11之后出生的孩子到两个像你一样大的，再到稍大一些的孩子。听到孩子们在不同的阶段做哪些事情，尽管痛苦，但仍然非常有用。有几个三岁的孩子正在失去对亲生父亲的记忆，一位母亲想要知道如何应对伤心的六岁孩童。所以我认为，艾米，你可能是让我来这里的最大动因。

起先，我对治疗师的方法并不在意。几个星期过去了，她时不时地用一些小伎俩来帮助我们“用另一种方式摆脱情绪”，譬如角色扮演和艺术作业。我有些畏惧这些事情。第一次提到角色扮演的时候，我确信杰瑞米肯定会加大油门，一溜烟地把车开回湖边。这种场面简直让人手足无措。

“好吧，”一天早上，我们的治疗师说。“我想请你们写一封身在天堂的丈夫的来信。想想看，他会对您说些什么，会给您哪些建议，想到什么就写什么吧。”

我的第一反应是，振作，我决不这样做，让我自个儿待着，而且我不是惟一一个这样想的人。小组中其他妇女的情况与我相像：大学教育，白人，表达清晰，住在郊区。许多人畅所欲言，相信自己有对付困难的能力。实际上，她们与我一起长大的女人很相似。我们相当富有，没有人抱怨自9·11后遭受经济危机，对此我们已心存感激，也正是

9·11,把我们与他人区别开来,略有不幸。我想我们中的许多人都会觉得这种练习愚蠢之至。

下笔之前,我们相互间怨言满天,这光景持续了约摸 15 分钟。但接下来,你知道,我们开始大喊大叫,乱涂乱画。如果你读到我们的信,你会发现它们几乎是雷同的,但对我们每一个人而言,这些信制造出格外亲密的感情体验。它突然变得艰难异常。杰瑞米告诉我要专注于自己的幸福,并向我保证说他在那儿过得很好(我有另外一个版本,写到他痛恨天堂,因为那里太无聊),他催促我尝试着找点快乐。

我开始重视这种治疗,尽管我们的顾问看上去往往是多余的,因为我们彼此之间毫无保留,及时给予帮助。这些练习似乎有些假模假样,但是,只有当你亲身体验之后,它们的价值便凸显出来了。每一周,我很高兴有一群这样的女人像我曾经说过的那样,于清晨从睡梦中醒来,噢,天哪,我该做什么?然后,晚上独自一人就寝。有些人在周五晚上去其他的小组。我没这样做。治疗之余,我成为一些组员的好朋友。我知道,我必须得去那儿。最棒的地方在于,她们需要我在那儿。在我的生命中,这是一个能让我有独一无二的资格把力量赋予他人的地方。

治疗小组强调的一个主题是帮助我们做出可能针对我们特殊境遇的某些决定。关键是对有违本愿的事情说不,第一个失去丈夫的圣诞节来临时，这一法子奏效了。我已经多次演练说不，通常我还是很善于控制个人情绪的。我们讨论了一些细节，譬如，想去哪，看望谁，不想去哪，不想看谁。

但是有一种体验是其他女人所无法理解的，我是作为英雄的寡妇——这一强加给我的公众角色出现的。来自闻所未闻的地方的陌生人不断地以各种稀奇古怪的方式闯入我的生活。我住在基亚瓦时，收到一封从休伊特转来的信。字写得歪歪扭扭，像是出自半文盲之手。时值炭疽热恐怖时期，外公、外婆和我谁都不敢打开它，所以在拆封之前，我们把它拿到外面去——如果里面装着致命毒素，似乎这封信将不同凡响。信里夹着张名片和圣诞老人的照片，一张字条上解释说，寄信者做了一些纪念别针，他想送给我。

我返回新泽西时，早就把这事忘到九霄云外了。约莫在圣诞节前后，门铃响了。你正在小睡，我才冲完澡出来，而且早就和外公通过电话了。我没理会这铃声，可它响了一遍又一遍，我向外张望，看见一辆印有政府标记的轿车。我的第一反应是失事现场调查员来了。可能这回他们找到了杰瑞米的婚戒或其他什么物品。

我打开门，正是这位奇怪的镶着白胡子的家伙，像个圣诞老人，他穿着一件印有耶稣的衬衫。他看上去……好紧张。

“我想给你一些别针。”他说。随即他大步流星地从我面前经过，径直步入客厅，泪流满面。

“我能抱抱你吗？”他说。

噢，上帝。我正穿着浴袍站在那儿，水滴滴答答地流在地上，惊得目瞪口呆。

“不！”我说。

我觉得圣诞老人可能没想到这个“不”字，因为接下来的事是，他砰地关上门，回到他的车上，开回老家去了。

我敢打保票，小组中的其他女士不会遇到精神失常的陌生人，穿得跟圣诞老人似的，闯入她们的客厅请求拥抱。但是我们中的每一个人，或多或少都要对付一些同样古怪的事情。

在圣诞老人事件过后，我和一位朋友通话，告诉他我发现了杰瑞米与放在调节桌椅上的你说话的录像带。

“你把他的书桌都检查过了吗？”他问道。

“没有。”

“好吧，既然你已经踏上寻找过去的旅途，而且一直在寻找线索和相关的东西，那难道不是一个好主意吗？”

杰瑞米的书桌就在屋子里，与他办公室的书桌正对，这是一块我不敢翻找的私人领地之一。但是，现在，我受到强烈的好奇心的驱使。一挂断电话，我就把睡着的你放下，开始逡巡。在最上面的一个抽屉，里面有他左撇子的字迹，在一连串涂鸦之中，我发现了一张写有目标的清单，因为有很多工作要做，他列了这份清单，像是杰瑞米的快照，我可以追溯至他去世前的一年。“屋顶的材料好了。”他写道。

这张清单被编过号。一些目标与他所在的网络公司中的营销工作有关，他讨厌那些事，所以才制定了这份计划，强迫自己执行。“三个会议、每周三小时的推销电话。”像所有的销售员那样，尽管他擅长与人打交道，而且精于此道，但他还是厌烦打“推销电话”，向那些素不相识的公司兜售生意。

他还打算敦促自己每周至少去四次体育馆，早晨 7∶30 分起床，一小时后上班，并且准备“以良好的记录结束本年，休个长假。”今年我打算用这个得到一些帮助，耶利米，我想。

接着：“照顾利兹。让她渡过难关。从精神上照顾利兹。”

这句话重新开启了我与他尚在进行的对话，就像他在学校里给我留的字条一样。我告诉他，他会永远在那里保护我，一想到他觉得还应该为我做得更多的时候，我快崩溃了。当然，你一直在那儿，现在还在——现在，来看看我做的一切吧。也许你有你的法子时不时地来帮助我。其他人看来都不行。

几个小时后，你醒了，我得说再见了。下回再说吧，耶利米。好吗？我会感谢你提的任何建议。毕竟事情看起来还是没那么容易。

# 多利安的红手

*Dorrian's Red Hand*

利兹游览卡卡杜国家公园；澳大利亚，1990年秋

亲爱的艾米：

你看，你爸爸的大学生涯起步维艰，而且过了一段很长的时间，也没有获得改观。我对他的处境知之甚少，因为我们只是偶尔通一次话，所以我告诉你的大部分事，都是后来从他大学朋友那儿听到的，特别是荣·扎可夫斯基，他是杰瑞米在罗彻斯特大学最好的哥们。

荣所了解的杰瑞米总是苦恼不断。他觉得遭到父母的遗弃，又被心爱的女人抛弃——他叫我"村姑"——而他看待大多数事情时并未戴上有色眼镜。罗彻斯特大学并不是他的首选——他想去马萨诸塞州的威廉姆斯大学。杰瑞米因此而酗酒、参加各种派对、不做功课，这些都很容易办到，因为在罗彻斯特大学，一年级新生的成绩不计入学生最终的平均分。他想尝试踢足球，但随即打消了那个念头，决定不参加任何一种有组织的运动。他自暴自弃，找了一份兼职工作。他找金·班加什借钱，买了一辆摩托车，方便上下班，这是个荒唐的选择，因为罗彻斯特位于纽约北部，学年里大部分的时间积雪不化。他仍骑着摩托车穿行在烂泥和冰雪中，直到摩托车自然损毁。

当然，骑摩托车对杰瑞米来说可是小菜一碟。他不在乎在派对中把体能耗过极限，也不害怕与孔武逼人的橄榄球选手——比如荣——成为挚友。在他们友谊的早期，荣和杰瑞米经常为巨人队或是老鹰队哪个更好而激烈争吵，最后杰瑞米告诉他把这事撇到一边去。

“都德，我会把你揍趴下的。”杰瑞米说。

“开什么玩笑？”荣大笑，他的体重足足超过杰瑞米100磅。“我能把你劈成两半。”

“那就来吧。咱俩比试比试。”杰瑞米说。

杰瑞米的眼睛坚定而黑亮。

“在你抬手前，我就能把你的手腕掰断。”杰瑞米说。倒不是他俩不想动真格地较量一番，而是其后当荣发现杰瑞米的武术背景时，他谢天谢地，幸亏当时没动手。

大一暑假，杰瑞米和我共度了一段漫长的时光。虽然我们远隔千里，看来这是老天的一手安排，我们不能彼此分离，再次相聚，只会更加浪漫。其余时间，他做救生员，并且与吉姆·贝斯特搭伴，把纽约城的酒吧泡了个够。吉米——也是一名救生员——记得他俩在城里玩够了以后，精疲力竭地坐在救生椅里，闭上眼睛，在太阳镜后呼呼大睡。

然而，耶利米准备重返罗彻斯特，我则要回到科尔比，各自继续大二的学业，我毅然斩断情丝。我想在学校里过自己的生活，身边有一个实实在在的男朋友，而不是要一个问题成堆、山高路远的男性友谊，尽管事实是，我在科尔比的任何一个男友都比不上杰瑞米。杰瑞米再一次感到被抛弃，泄了气。他出离地愤怒，对此不加任何掩饰。从现实目的出发，我们的关系宣告终止。他不能再拥有我，内心为此备受煎熬，他又回到了自暴自弃的老路上，一如去年所为。课堂上找不着他，但他还算聪明，苦撑苦熬地通过了学业——尽管很勉强。

更糟糕的是，荣跟不上杰瑞米的节奏，他好像在玩命创造一些宿醉的纪录，并且跋涉几里地去找啤酒。有一个出了名的克拉克大学——在马萨诸塞州中部——之行，杰瑞米在那里有个朋友。这一连串的闹剧从周五晚上开始，直至周六夜里，杰瑞米和荣甚至不知道房子的主人是谁，就与从未谋过面的人群狂欢。荣照看着几天未睡的杰瑞米。杰瑞米有些晃晃悠悠。荣觉得他是在四处开玩笑。杰瑞米常这么干：他会猛然间双膝跪地，像个心脏病患者。或者你在听到一声尖叫的同时，杰瑞米从树上俯冲而下。这次，他双腿弯曲，一个后仰，平躺在咖啡桌上，溅落一地的饮料。荣觉得这不过又是个玩笑，但那时，每个人都开始向杰瑞米冲过来。杰瑞米失去了知觉。荣把他架出大门。有那么一会儿，他七荤八素，不知该不该叫救护车。荣差点把魂给吓丢了。

此后，杰瑞米对荣说，“我想那时我都死了，我啥都想不起来。肯定有什么事发生了。”

尽管干了那么多的糗事，杰瑞米还是给荣，甚至是班里的其他同学留下这么个印象：他是他们所见过的最聪明的人，一个具有无限潜质的年轻人，一位领袖。荣和杰瑞米能够租到离学校仅一街之隔的一间宽敞屋子，纯粹是因为他对房东声称他是神经系统科学的研究生。他颇有学识地谈论神经传递素、大脑半球和基底神经剖面。他与该学科的惟一瓜葛只不过是在大学神经测试实验室找到了一份照顾大猩猩和黑猩猩的工作。他觉得实验室太酷了，不知怎的，他在实验室里积累了有关该学科的大量信息，滔滔不绝地背给房东听，这个房东从来不把房子借给二年级的学生。当然，房子一到手，派对就接二连三地举行了。

大二那年的春天，杰瑞米遇见了阿尔法·德尔塔·菲兄弟会的成员。他觉得他们拥有兄弟般的精神，于是他使出惯有的煽动激情，鼓动荣和其他朋友一同入会。除了酗酒和不做恶事的生活态度，杰瑞米想在重要事务中占有一席之地。他天生喜爱与才华横溢和野心勃勃的人为武，而阿尔法·德尔塔·菲正以此为特点。这个兄弟会以爱好文学而著称，其成员曾包括弗朗西斯·贝拉米，《美国誓言》的作者，以及像泰迪·罗斯福这样的兄弟。

为了加入兄弟会，杰瑞米和荣被告知，他们必须记住所有兄弟的名字，兄弟会的历史，以及一堆浩如烟海而明显是毫无意义的废话。杰瑞米想成为其中的一员，但像往常那样，他不想做任何他不想做的事情，于是，他拒绝记那些内容。他是世界上最糟糕的未入会之人。即将加入兄弟会的人都将会测试有关阿尔法·德尔塔·菲的知识，他在一干人众里的表现愚蠢之极，因为他什么都不知道。荣为此严厉地指责了他，但杰瑞米无所谓。

最后，总之他们都被接纳了，一伺入会，他们才获悉，是否知道正确答案倒在其次，重要的是他们如何处理问题的方式。这自始至终是个性格测试，杰瑞米以他绝不屈服的特立独行迷住了兄弟会的成员，不管他们怎么要求他，他绝不学习这堆废话。他太强壮了，让兄弟会其他成员对他敬畏有加。人们会来到荣跟前，对他说："你最好小心这个家伙。他看上去像要把人给劈了。"

夏天，我是在温德姆度过的，杰瑞米在新泽西做着救生员的工作，赴曼哈顿参加社交聚会，与去年夏天过得一般无二。他仍旧恼恨我，我不敢给他打电话，我们彻底分手了。

大三那年的九月，荣和杰瑞米正式加入了阿尔法·德尔塔·菲。杰瑞米希冀在学业上有个崭新的开始，并且在学校里安个某种意义上的家。早秋时节，变故横生。家中发生了一系列的不幸。先是他父亲失去工作，接着杰瑞米从小生长的房子给卖了,不久父亲又患上心脏病。一瞬间,事情明摆在那儿,家里没有钱再供杰瑞米上大三了,奥帕和奥玛告诉杰瑞米,他必须回家。杰瑞米不愿接受这个现实,在还未注册的情况下,开始上课。最终,新泽西下达了最后的通牒:你不能再待在学校。回家。每个人都应该齐心协力为家里的利益做贡献。

荣的眼泪在眼眶里打转转。他知道,杰瑞米感到自己是灰溜溜的回家的,家人以他为羞。他害怕的一切终于出现了。

"我会回来的,"杰瑞米保证。"我们现在是兄弟,我会回来的。"

杰瑞米住进了家里租的房子,距奥拉戴尔旧址不远。他同时打几份工,把赚来的一些钱交给父母。他在体育馆里做个人教练,在哈肯萨克市的布卢明代尔装卸卡车。那年冬天,吉米·贝斯特回家度假,他俩在布卢明代尔并肩工作。杰瑞米喜欢作家亨特·汤普森,他和吉米在搬运几百磅的重物后,藏匿在布卢明代尔的储藏室里,翻看《赌城恩仇录》,在干活的时候,他们能复述其中的内容。

"作为你的律师,我还是劝你从驴子上下来,把卡车卸完。"杰瑞米说。

"你再多蹦出一个字眼,我就掏出你的肺。"吉米说。

他们互相大声朗读书中的内容,哪怕在寒冷的码头也是如此，他们跺着脚，痴笑着汤普森博士的点子：幻想着饭店酒吧里的主顾变成真正的大型翼龙，一个个重重踩在满是鲜血的坑里。杰瑞米还对吉米谈到他在兄弟会中曾经接触到的一些杰出人物。

在寒冬，令人疲惫的装卸码头，吉米和杰瑞米还能像这样一块找乐子，但一年中的大部分时间，杰瑞米都是独自一人，他越发消沉了。我得不到他的任何音讯。耶利米至少每周打一次电话给荣·扎可夫斯基："我赚钱啦。我马上就回来了。"但荣想着这点零头是远远不够的。罗彻斯特是一所昂贵的私立大学。他没法看到杰瑞米如何能赚到足够的钱，除非他打四份工。

杰瑞米不停地工作。他很少待在家里，但他认了，他的确如此。当他待在家里的时间多起来之后，曾经损害他与父母强有力联系的纽带被修复了。杰瑞米已经，毕竟，还是回家了。他干活，他帮着家里干，奥帕奥玛让他干什么他就干什么。而实际，他没做别的，除了赚他自己的那份工资，他计划并向自己保证决不让这样的事情在他身上重演：不再受环境的牵制，狼狈不堪。他的内心渐渐地发生了一些变化，这是荣无法体察的，吉米也未曾注意到，当然，我什么都不知道。但奥帕和奥玛能注意到。杰瑞米的性格逐渐顽强，与他的身材开始相称。他正在成熟。

那年，我的心思全在探险和自己的不幸上了，我在海外——澳大利亚和非洲——学习了很长时间，这是科尔比人类学专业的一部分。我对杰瑞米的境遇一无所知，他也不了解我的情况，除了知道我可能不在国内。我们大二前就分手了，从那以后，双方都留下了酸涩的滋味，那是我们俩人感情历程中的低谷。

大四前的暑假，我从海外的恐怖经历中恢复过来，住在我父母在纽约上东岸保留的一间小公寓中，以志愿者的身份在自然历史博物馆的鸟类部门工作。我来到这座城市的第一个周末，高中朋友戴安娜·多宾就来看我了。我们在公寓附近共进晚餐，随后上街闲逛，找喝酒的地方。我们都年满21岁，现在可以合理合法地喝酒了。街对面是“多利安的红手”，这间场所以罗伯特·钱伯斯——杀手——遇见他的牺牲品而臭名昭著。在这里，我们撞见了高中时的另外一个朋友，我们仨在这个巨大、熙熙攘攘，满是年轻人的地方迂回穿梭，来到后面，好一个所在。

这位高中朋友一上来就劈头盖脑地问，“你和杰瑞米怎么样啦?”

我开始滔滔不绝地讲述我们之间发生了什么事，我有多么爱他，又是多么想他，但是每件事都是那么糟糕，我知道他恨我，我没法儿给他打电话。在我喘气的当儿，戴安娜说，“算了，我们去酒吧，喝点别的吧。”

酒吧就在前面，我们几步就走到了近前，戴安娜突然转过身来，说，“那是杰瑞米和吉米！”

我扭头就跑，以最快的速度逃跑。杰瑞米看见戴安娜在追赶这个扎着金色小辫的人，立刻知道那就是我。我一直在期待他的出现，可刹那间，他居然活生生地就在我的眼前。我的大脑翻江倒海，期盼和焦虑错综交结。我还没明白是怎么回事，就已经和他并肩坐下，手拉着手凝视着对方，好像一切都没有错。世界上最自然的事莫过于我们在一分钟之前，从这一情景中醒来。现在我们重叙往事，捡起话题。

要说的，太多了，实在是太多了。

我的大三是从一场飞机失事开始的。

去年暑假结束时，我还有一周的时间就要动身去澳大利亚，上一学期的环境研究课，这次旅行与我的人类学专业有着密切关系。在科尔比，几乎每个人都会在大三时赴海外学习，与我同屋多年的裘迪·斯皮尔要动身去日本。我在奥尔巴尼购置旅行用品。那天，有很多事让我联想到裘迪。在购物中心里，我看到一件她穿过的太阳裙，我很喜欢她穿这身衣服，我突然想到，“见鬼，裘迪过几天就要走了。得给她打个电话。”开车回温德姆的路上，我听到收音机里传来一架小型飞机在波士顿附近失事的消息，可是我随手关掉了。我走进温德姆房子的客厅。母亲脸色苍白。

“坐下，利兹。”她说。

“我不想坐。”我说。我想着，皮特今天要旅行。皮特一定发生了什么事。

接着，她告诉我裘迪的飞机失事了，当时飞机正从斯皮尔家在开普考德的避暑别墅飞往波士顿，裘迪、她母亲，还有作为驾驶员的父亲均告身亡。

从那一刻起，至葬礼，乃至飞机载着我飞赴澳大利亚的整整六天里，我都没有阖眼。直到飞机飞到巡航高度我才入睡，飞过太平洋之后才醒来。

这个项目是在昆士兰州北部的凯恩斯进行的，那是个雨林地带，我们的第一项任务是观察在那个环境中不同的生态系统。我们来到海岸边，开展了一些海洋生物学实验，实际上是潜水和找鱼。这个项目不具有学术挑战性，为此有些学生不是很喜欢，但是我赏识这一实习方法，自由、在野外。我们在干旱的内地宿营，研究土著的岩石艺术。这里是土著人的圣地，当你置身其间，在干燥岩石的月影之下，你恍若置身于这个世界和另一个世界之间。我想找一块棕色的巨砾，独自枯坐，感受近在咫尺的上帝，虽然我从未真正想过上帝以别样的方式存在。坐在岩石之上，我想和裘迪对话，试图厘清缘由——就像此后我为你爸爸做的那样。

我与耶利米在一起的时候，时常亦真亦幻地梦见裘迪，梦见我们坐在一起，平静地交谈。醒来时，便觉得恢复了精神。那些梦并没有消除我对飞行的恐惧，不幸的是，我们频繁地从澳大利亚的一头飞到另一头，每次上飞机，我都要大哭一场。我坐在莎丽边上，一见到她，信任感便油然而生。她来自佛蒙特大学，富有冒险精神，充满幽默感，我们俩成为终生的朋友。在澳大利亚期间，两人形影不离。

12月底，我回到了缅因州——漫天飞雪、阴沉晦暗的缅因州。到处都是裘迪的遗物——我的另一个同屋苏拉与我和裘迪同住——我们俩精神紧张，准备去学校的心理治疗医师处求助。但我们突然发现，原来那里没有任何治疗。这意味着每周我都会去某个地方哭上一个小时。

我决定不断的旅行，那是我所了解的治疗创伤的惟一方式。我首选非洲作为人类学野外工作的场地，基于澳大利亚的成功经验，我的父母不再为此担忧，准许我申请肯尼亚人类学的一个现场研究项目。我的申请获准后，于1991年6月底径直从温德姆出发，没再折返至新泽西。我听说杰瑞米在工作，而且住在新泽西海岸。虽然我有意给他打电话，但我还是鼓不起这份勇气。在随后的几周里，我懊悔不已。

我们飞往内罗毕，在法兰克福中转，那时，我已经见到小组中其他一些成员了。我们共有十一个人，有些人是研究生，有些人不是，年龄从十八九岁至二十五六岁不等。一到内罗毕，我们发现事情不像我们想像中的那样。原计划是在肯尼亚首都停留数日，进行补给，然后北上，在埃塞俄比亚边境周围研究一个叫作博兰的部落。相反，我们在内罗毕城外一家破败的旅馆里一住就是一个星期，挤在一间屋子里，靠着结队至附近景色奇美的乡村散步来打发无聊的时光。我们的学术指导老师，一位著名的鸟类学家，据说患了疟疾。结果，他还是出现了，这是一位矮胖的非洲人，奔五十的年纪，眼睛充血，布满血丝，看上去一点儿也不友善。工作开始了，我们长舒了一口气。

我们开始了在肯尼亚的行程。我们十一位，红眼学术指导老师，他的助手，一位护理人员，以及一位司机，分乘两辆白色有篷货车，开始了我们期待中的六周现场考察。我们的车穿行于崇山峻岭之中开掘出的平坦道路上，但随后来到一个干燥、近赤道的平原地带，这里的路又脏又破。当地信奉伊斯兰教，日落时分，镇上的每个人都要去清真寺唱歌祈祷。我们在禁猎区和公园安营扎寨，两人一顶帐篷。我们在观测野生动物时运气好上了天。我们观测到狮子捕食斑马。又一天，我们外出时，撞见一条十五英尺的巨蟒吞食半只瞪羚。有一顶帐篷的拉链坏了，你可能不愿要那一顶，但在看见巨蟒的当天晚上我就住在那里面。

同时，原定几天的旅行会无限延长。个中原因很简单——非洲。所有的人都患了胃部寄生虫病，我们得时不时地停下来，便于某人冲进附近的灌木丛中，人人都是病怏怏的。车由于过热而发生故障，这一修就是两天，在大多数地方，这几乎不算什么主要的机械故障。我们没法掐算时间，因为有强盗，晚上开车不安全。越往前进发，情况就越糟糕。埃塞俄比亚正经历内战的剧痛，半数以上的人群是难民。

但这些都不要紧，因为我们从未靠近博兰。我们距内罗毕 350 英里时，学术指导老师在当地村庄喝得酩酊大醉后，居然从人间蒸发了。我们在马萨比特禁猎区边沿扎营，置身于一片巨大的营地中间，里面挤满了逃离战火的埃塞俄比亚人。我们断了粮，当然，我们决不会去任何难民营求乞。这样的情形过了四天，我们才醒悟过来，发现司机开着那辆仅剩的货车逃之夭夭了，我们只得徒步回到马萨比特，在那里我们惊喜地发现了一家小餐馆。我带着鸡蛋和芬达。还在狼吞虎咽之际，我开始感到整个世界天旋地转。我像是要呕吐或是昏倒。等我恢复了记忆，发现人已经在大篷车中了。司机在那儿，我透过窗户看着肯尼亚人熙来攘去，感到虚脱眩晕，想着，给我留一点儿呼吸的空间吧。他们带我去了一家医疗门诊部，我的疟疾血液测试结果呈阳性。

回到营地时，我感到好一点了，但是当天晚上，疾病再次袭来，高烧、出汗、打颤。我们的发电机坏了，没有光，也没人知道如何让它重新工作。清晨来临时，树上的狒狒开始敲打它们的胸膛，高声尖叫，曾经有人告诉我们，这是象群到来的标志。我得了疟疾，我们将会被象群踩个稀巴烂，我想着，在睡袋中不住地打颤。

第二天早晨我们开会。大家异常兴奋。离项目结束只有两周了，在非洲，我们被遗弃在荒郊野地，饥饿、疾病缠身，又受到饥民、狒狒和大象的包围。我们决定，无论如何自己也要想办法回家。司机把我们带到禁猎区里的一个电话旁，所有人都与空中医生签约，以防出现医疗急诊，既然我已经病了，医生同意采取空中撤退。飞机上还有一个额外的座位，所以凯西——加利福尼亚人，男友住在内罗毕——也一起飞走。其他人决定利用大篷车——旅行中最安全的方式——于翌日返回内罗毕。

几个小时之后，在附近的一个飞机跑道，我被接走，匆匆返回营地。我在打包时，学术指导老师出现了。他的眼睛比我所见过的任何眼睛都红，而且充满着野性。他坚持开车送我和凯西，并且要求我们签署一份表格，让他免于任何法律责任。我们拒绝了。他好像也接受了，我们便离开了。开车时，他在我俩中间喋喋不休地说，他是如何如何的喜欢美国人，并且掐尖了嗓门，叫嚷着说我们是被宠坏的孩子。他看来像是处在情绪失控的边缘，车开得疯快，差点没注意到路人。我以前从未怕过他。我现在意识到，他可能是疯子，而且无所不能。凯西不停地与他争论。我在车后座蜷缩成一团，一言不发。

飞机跑道是一条小小的黄色地块，在不知什么地方的中央，突然我们意识到，我们可能从地球消失，而且神不知鬼不觉。然而，学术指导老师把我们的行李放下，开车走了。是的！我想着。现在让我们从这里走吧。我们坐在一块巨石上。那里没有建筑、树木，没有任何抵挡烈日灼晒的掩蔽之所。我们苦苦坐了四十分钟，看到指导老师折返，这回，他带着一个大个子肯尼亚人，扛着一挺冲锋枪出现了。他们从车上下来，指导老师试图把我们分开，坚持让凯西和他回去找护理人员。我的腿肚子不停的哆嗦，但是我正告他我打算坐那架飞机，他该把凯西留下来，她也想飞离这里。当他一再要求我俩签那张法律免责表时，我们俩冲着他神经兮兮地大笑起来。没门，我们说着。接着大个子肯尼亚人把他的枪对准了我的头，我们只得签字。

小飞机着陆了，在我的生命中，我从未像现在这样如此兴奋地见到某个人。我们坐在跑道上得再等一个小时，等下一个航班的来临，因为在那架飞机上已经有一个危重的病人了，而学术指导老师拒绝开车送他到附近的医院。

飞机上，他们检查了我的重要指标，我的脉搏每分钟140 跳，像是刚跑完马拉松。该考虑机组护理人员了。

我有些歇斯底里地笑了起来。

“不，好了。我现在的确感觉好多了，”我说。“我只是经历了一场压力。”

在医院待了几天之后，我便转到内罗毕的凯西男友家中，接受专业的护理。我洗澡、吃比萨、看有关狮子的纪录片。我打电话给朋友们，告诉他们发生的一切，说我没事，回忆现场研究项目，它让我的故事相形见绌。几天之后，我登上回家的飞机。我的体重减至 90 磅，但不管怎样，身体在好转。

在那个可怕的夏末，我与杰瑞米在“多利安的红手”小坐时，我告诉他，我在非洲无时无刻不在想他，即使在回家的飞机上也没想别的。

“我简直不敢相信你在这儿，”他紧紧抓住我的手时，我把这话重复了一遍又一遍。“我想你会恨我。”

“我为什么要恨你？”他说。“你是我最好的朋友。”

这一偶遇有两个层面。一个层面是这种难以置信的大量交换信息。“嗯，你发生了些什么事？”“我的室友死于飞机失事，接着我在非洲得了疟疾，我的老师拿着 AK-47 顶着我的脑袋，让我没法起诉他，我被空中医生用救伤直升机带出丛林。你怎么样？”“噢，我家里要与我断绝关系，但那时我爸爸患了心脏病，我们失去了房子，我被迫辍学回家帮助他们，但在我朋友的帮助下，现在都好起来了，我赚够了钱，准备返校了。”

第二个层面很难去言说。我们再一次回到对方的轨道中来。一切都是那么舒服——一句话，命中注定。在去年经受了几次严酷的考验之后，我日渐成熟，我看到杰瑞米也早已不再是个男孩了。他的愤怒已经被自己实现目标的坚定决心所取代，他决心摒弃为自己和这个世界不见容的脾性。此时此地，我想，我们全身心地坠入了爱河。

那天晚上，我们在外面厮守，直至夜深，我们漫步在曼哈顿大街上。在大都会艺术博物馆的台阶上，我们吻别了，之后我回到我的公寓，他开车回到新泽西。接下来的一个月里，在我回学校读大四课程之前，我们频频见面，杰瑞米也回去继续他延迟已久的大三学业。尽管难舍难分，但是没有痛苦。我们将再一次在各自的学校里过着离别的生活，不对未来做任何承诺，但是杰瑞米似乎明白事情必然如此。因为谁能知道未来会怎样呢？当然，现在我知道，他不想，也不愿让我再一次地离他而去。

夏末，杰瑞米与罗彻斯特大学的系主任坐下来，制订出一套支付学费的方案，并再次入学。他回来了。没有人比荣·扎可夫斯基更惊讶、更兴奋了。荣为他的朋友的改变深吃一惊。他不再喝酒、抽烟，早早起床，率先到教室上课。

他的专业是哲学和英语，他打算以自己的方式写入系主任的名单中。他是阿尔法·德尔它·菲公认的领袖，很快就成为主席。

“杰瑞米·格里克在哪？你是谁？”荣跟他开玩笑。耶利米的身形看上去也迥然不同。前一年的举重、搬运和体重训练让他一举增至200磅，块块肌肉紧绷。他终于拥有了与柔道和摔跤技术相匹配的蛮力。

那年夏天我毕业了，迁至旧金山，开始工作。你爸爸还有一年才能完成学业，但是我们定期通话。他还过着学生生活。我有些羡慕，他在看完《快乐之死》的演出后，还能在凌晨三点给我打电话，而我正在为每小时八个美元的薪水受着再生纸公司的奴役。春季，我受够了那些工资低廉的工作，说服自己去读研究生，准备获取人类学的硕士学位。

杰瑞米在他离校的一年里，正在经受另一场严峻的考验，他从没提过这事，我当时也不知道，但现在是该考虑的时候了。

凑巧，金·班加什去新泽西看望杰瑞米。耶利米听说有一场公开的柔道邀请赛，于是金陪同他前往。杰瑞米轻轻松松赢得了比赛，但这也不是什么高规格的赛事，赢了也无甚意义。除了那儿有一个块头巨大、技术高超的叫史蒂夫的柔道家，体育馆传出谣言说，他在这项运动中具有某种国家权利。

杰瑞米有好几年都不曾参加过柔道比赛，因而没有人知道他是谁，史蒂夫更不知道了，他想，也许三拳两脚就能打倒这个相对弱小的对手。金帮着杰瑞米进行热身运动，杰瑞米出场后，轻而易举就打败了史蒂夫，一举震惊整个体育馆，金也在内，他发现耶利米的柔道技术远比他此前给的评价要高。

比赛结束后，人们涌到金面前，问他，“你的朋友是谁？被他打败的那个人可不是白给的。”

“当然，我们知道。”金说道。

打那以后，杰瑞米便开始琢磨，想提高他的柔道级别。大四那年，他告诉荣，他想在全国比赛中“创下自己的纪录”，甚至进军奥林匹克，那年春天，他在罗彻斯特大学开始异常刻苦的训练。我一点儿都不知道这件事。同样，也没人告诉我，全国大学柔道赛那年将在旧金山举行。

艾米，通常情况下，你爸爸看上去总是成竹在胸，但他经常把秘密藏在心中。回头想想，你都没法凭借格里克（运气），从中发现计划的蛛丝马迹，但他似乎总能仰赖那份运气。他已经摆正了自己的位置，以自己的方式回到学校，回到军武艺术中来。结局是一场不可思议的巧合，柔道比赛居然计划在我当时居住的旧金山举行，而这恰巧是他可以参赛的最后一年，因此这看来像是有人故意为他留扇门，引领他回到我的生活中来，并且说，继续，孩子，抓住机会。

# 寻找派对

*Search Parties*

利兹手举奥林匹克火炬进入时代广场，2001 年 12 月

亲爱的艾米：

圣诞节前的几周，我第二次赴白宫，在那里，我坐在一对阿富汗妇女旁边。这次是9·11三个月纪念日，我由杰瑞米一家陪同前来。我们这次集会着实有些奇怪，既有9·11家庭参加，也有一些杰出的阿富汗教师出席，她们来这是为了编写在塔利班统治下，妇女被剥夺受教育权利的境况。也差不多是在这个时候，一些由9·11衍生的政治副产品开始在我们的治疗小组中纷纷登场。阿富汗战争正在新闻中播放。小组中有关阿拉伯世界的意见很强硬，有走向极端负面的趋向。

“我们要做的不过是把他们统统围捕，运送出国。任何一个待在这里的人应该能够证明他们回来的理由。”一位妇女说。

我告诉小组，我对阿富汗妇女的理解，尽管我知道是政治把她们带到白宫来的，但这没关系，因为我喜欢与她们交谈，她们很有魅力，看上去很真诚。

“大多数穆斯林都不想打击美国，”我说，表达我的想法是显而易见的。"你们不能够把世界上这么一个大规模的群体都视作一群恐怖分子。"

我的见解无疑成了少数派的观点。我的政见出自个人。我并不讨厌小组中的人们,除了几位以我的观点来引述我丈夫遭遇的人。我学会的一点是,当别人在友好说话时,要用心聆听,不要在乎他们的声誉或是来自哪个国家。杰瑞米通常对人具有宽广的包容力,不在乎其宗教和所在的地理位置。金·班加什是他最好的朋友,金有一半巴基斯坦的血统。杰瑞米对同性恋也不排斥——体育馆举重的朋友中有几个是同性恋。

格里克家的孩子小时候常去奥拉戴尔的游泳池,有一位叫弗吉尼亚的年轻女子也去那儿。弗吉尼亚那时大约十九岁,有些迟钝、不知害臊。她昂首阔步地在一个孩子面前停下来。

"你是杰瑞米,"弗吉尼亚说。"你的生日是 9 月 3 日,1970 年代生人。你十岁了。"

"是的,弗吉尼亚,"杰瑞米说道。如果换了贾里德或是詹尼弗,同样的对话只不过换了不同的数字。弗吉尼亚能记住这些,但其他的记不住。

"你生于 9 月 3 日,1970 年。"

"没错,弗吉尼亚。我喜欢你的游泳衣。再见,弗吉尼亚。"杰瑞米会说。

“再见,杰瑞米。”

格里克家的孩子们是惟一没有逃避弗吉尼亚问话方式的人,这决不是个偶然。“跟弗吉尼亚说话,”奥玛·格里克吩咐他们。“像对待别人一样对待她。”

现在,包容的尺度似乎越来越小,特别是在我的治疗小组中。但是我所熟悉的杰瑞米宽容的形象却在我的脑海中愈发清晰,所以我设法不去推测九月那个无政府主义的早晨对他产生的影响。我认为我的确了解他在最后时刻的某些想法,因为在他去世前三分钟我还在与他通话。

在我第二次访问白宫的时候,出于安全考虑,外来者不能游览白宫,但是作为特殊嘉宾,我们在所有的圣诞屋里转了一圈,经过一个三英尺高的由姜饼制成的白宫复制品,由于是姜饼制成的,它看上去更像是布朗的屋子。那只是几个大型姜饼屋中的一个。白宫花了许多钱和时间来筹备圣诞节。这里有几十棵圣诞树,一些洒上了人工雪,悬挂着白色外观的彩色小灯,其他树上铺满色彩;甚至房间中也装点了冬青树、袜子、小雕像和花圈。

我们走进一间小型的白色舞厅。美国总统神采奕奕地步入,再一次对着这间小屋子发表一篇简短的演说,你坐在我的膝盖上。他提到杰瑞米,这几个字眼揪住我,心里隐隐作痛,每次有人在官方场合提到他的名字时,我都会有同样的感觉。为了避免又一次泪湿衣襟,我把视线集中于讲台后的一排外国旗帜上，它们部分地挡住了高耸的圣诞树。我发现自己在想，为什么要把以色列国旗放在正中间，就在总统的背后？我对这一安排百思不得其解，直到演讲结束。

这一次的华盛顿之旅极为神速，进出只在几天之内。圣诞节将临，但是没有任何欢乐的迹象。它更像是个孕育忧伤的机会，因为杰瑞米，这个犹太人的孩子，热爱圣诞节。杰瑞米喜欢收到礼物——如果他看到树底下本以为是自己的，但结果却成了别人的礼物的时候，他会控制不住自己。圣诞节在掠夺礼物这一功能上胜过了光明节。我们和他父母一起庆祝犹太教的节日，但是耶利米想跟我举行所有的圣诞仪式。他和我爸爸一起搭圣诞树，我们剪枝，挂上袜子。现在，我惧怕那些仪式，那个场合是具空壳，里面空无一物。你现在又太小，没法成为我圣诞节的合谋者。

圣诞节前有一件好事降临了。我还住在基亚瓦的时候，奥林匹克委员会打电话，问我是否愿意为冬奥会举着奥林匹克火炬跑入纽约城。这个主意立刻让我兴奋起来，因为耶利米和我都是体育爱好者，他曾经谈过想去犹他州滑雪，然后去盐湖城看一些奥运赛事。

但是一片阴云掠过。

“等一下，”我说。“我要跑多远？”

事实上，在你出生后，我没有进行过任何有效的训练。我可以想见这样的一个景象：一大堆细胞质在百老汇下忙忙碌碌，而热衷者却将视线投向别处。国家因此而蒙羞。

“这次不是马拉松。可能跑个十分之二英里。”他们说。

我长舒了一口气。尽管我的条件不佳，但是跑十分之二英里还是可以的——可能跑的时候看上去还不错。

“太棒了。”我说。

我的训练包括无所事事。吃油炸圈饼。可能会去步行。长跑开始的那晚，我像是浑身插电。我想，那是个转折点，当我于圣诞节前两天活力十足地跑进时代广场，把火炬（它比看起来要重得多）移交给下一位时，我感到第一丝活力重返我身。这种体验与我和杰瑞米一起进行山地骑车、跑步，特别是一块儿滑雪的时候非常相近。杰瑞米在前面开道，我沿着他的轨迹，从小山坡上一跃而下，从不让俩人之间拉开很长的距离，他让我与他比肩滑行，但接着他从冰崖上玩命似地破空而降，擦着树的边沿着陆，猛刹雪橇，扭头看我，在山地阳光下咧嘴坏笑。

“太太太棒了。”他说。

即使整个世界都下地狱，在奥林匹克露面的七分钟里，我还是做回了利兹。电视上，我可能被视作某种象征——奥林匹克的象征，或是代表国家继续前进的决心。不同人眼中的我，意义可能大相径庭，因为我是杰瑞米·格里克的遗孀，而且我正高举着火炬前行。但我不这么看。于跑步中，我的内心经受着涤荡，此时有几百万民众被这一情景触动，心灵得以升华。在这庄严的七分钟里，折磨我的魔鬼彻底滚得无影无踪。

除了去了趟华盛顿，艾米，只有你和我，在圣诞节住在绿林湖。你开始翻身了，所以在一些晚上，我得把你放在床脚下的便携式摇篮中，你看上去很乐意在那儿待着。从冬天到春天的几个月里，你开始发展关键的能力，冒出几个字，识别一些物品，这些都来自你的本能。一位早就失去联系的小学同学在杰瑞米去世后找到了我，送给你一只蓝色的小狗，这条类似于毯子的狗有着毛茸茸的脑袋和肥嘟嘟的身体，这只蓝狗每天晚上都得待在你的床上。还有纳，你的绒毛猫，这么叫它是因为你觉得猫发出的是这样的声音。也许是因为别人有猫，而我们没有，你养成了像猫一般的缠人性格。奥玛和奥帕依旧有弗洛依德做伴，那是杰瑞米从大学里抱回来的猫，你喜欢去他们那的门廊看它，尽管弗洛依德老迈衰弱，它还是有点怕你。最终，你对猫的痴迷扩展至四十本有关猫的书，无数有关猫的谜语，一张轮廓似猫的长条图表，实际上，你会不时的，喵喵叫着入睡。

麻烦事还在后头。目前，你最突出的个性是，你是个桀骜不驯的小人儿。我依旧每天起夜，给你换尿布、喂你、哄你，只有当来此过夜的朋友，像戴安娜·多宾，莎丽·索罗门——坚持要求替换我时，我才能得个空子，像一堆洗衣袋那样瘫软在床上，昏沉睡去，直至被人唤醒。

我需要给予你一些持久的帮助，我准备找一些成人来帮助。我备了些钱，寻找换工住宿的女孩，不停地找啊找，直到年终。不知什么原因，中介所不断地把我的申请发给中东妇女。现在我不得不承认，我不想要中东保姆，尽管我个人对阿富汗妇女心存好感。我完全没想好让一名伊斯兰妇女在我家里帮助我抚养女儿。我对这一想法感到有罪。所以我不断地拒绝他们。

在拒绝了几次之后，我不得不发表意见了。

“你知道我是谁吧？”

“噢，是的，当然，”妇女说道。“但是我们要求我们的雇主家庭思想开放点。”

“你知道，我有人类学学位，曾在世界各国周游，我比大多数人的思想都开放，但是这件事不应该发生。”我说。

与此同时，我们与外公、外婆和莎丽在温德姆度过了圣诞节。我给自己买了一副滑雪橇，因为杰瑞米一直打算在圣诞节送我一副新的雪橇。我们晚饭吃的是里脊肉，这是他的最爱，我看到盘中的肉时，请莎丽晚上照顾你，说了声抱歉，起身上楼去了。我关上卧室的门，关上灯，凝视着漆黑的墙，似有万千思绪在上面闪过。我已经参与了节日的庆祝，它不可能来粉饰我的眼泪。继续消沉还是被埋葬？看来两者必居其一。

第二天一早醒来，什么感觉都没有了。夜晚恐惧，白天释放,下午阴郁。新年期间,生活的节律就这样高低起伏。高潮之后便是低谷,现在回头看来,所有的一切似乎都搅进了一个模糊不清的星座中,那便是失落的时刻。

听起来好像很荒唐,但是把我从这种阴郁生活中唤醒的,是我对飞机失事本身不断增长的兴趣。

它从通灵开始。

艾米,你知道我是不相信神秘事件的。我看不见预感,也不用水晶占卜治疗头痛。尽管我与杰瑞米对话,我还是不相信超验知觉或是身外体验,耶利米也不相信。但是我参加的 9·11 治疗小组却醉心于通灵。小组中的每个人都去他们那儿,通灵顾问有时对 9·11 幸存者免费。他们甚至被邀请到我们其中的一个派对上。最终,尽管我对此疑虑重重,还是去找了一位在纽约的通灵师。就是这位妇女,声称她可以从我丈夫消失的空间带信给我。我可以驳回她的无稽之谈,或者我可以去看她。为什么明知有错我就不能去碰碰运气呢?

我的通灵师拥有心理学博士学位,在其领域中非常卓越。她在公园大道的一幢摩天大楼里开办了咨询业务,那个地方靠近中央火车站。她的接待员招手让我走进一间备用的办公室,柔和的棕色,有一扇巨型窗户。劳伦和蔼可亲,身穿一件飘逸的波状外衣,音色柔和而饱满,浑身透着磁性和暖意。我们面对面坐着。

我刚给她报上名姓，她便告诉我，她在电视上见过我，一眼就认了出来，也清楚我来这是为了设法与杰瑞米联系。我极度紧张。在等候室里，我只想逃跑。

“放松吧。”她说。随后，她闭上眼睛，沉思片刻，吐纳气息，缓缓的，深深的。

她凝视着我的前额与墙之间的某一点，说，“你打算写一本书。”

我才有写书的念头，但还没付诸行动，更没想过以书信体的方式给你写一系列的信。我的第一个意念是，既然她知道我是谁，她肯定能轻易猜出我有比常人更大的几率去写回忆录。

我们继续下去，但那时她说，“你知道，有一些关于信的事情。你有所有的电子邮件吗？或者——”

“当然，人们给我寄了许多信。”

“不，不是那个，”她说。“是与这本书有关的信件。你在书中可能会用到信件。”

她把一些令人着急的零碎信息吊在我的面前。她不断提到一位以K字打头的人，接着说那是金，而且金是一位男士。凑巧的是，我在纽约时，金·班加什和他的妻子莫妮卡正在照看你。她谈到“个人物品”，这一短语我从未听说过，她说，我丈夫的婚戒——在失事现场我一直默默期待出现的物品——永远无法找到。听到有人这么说，即使在这微不足道的权威面前，也让人心碎欲裂。

快结束时，我们开始谈论失事本身，我开始变得情绪激动。

“我想知道，杰瑞米现在安宁吗？因为人们经常告诉我说他很安宁，但我不这么认为。可能是因为我自己不这么想。我是指，没有人比我更不安宁了。”我说。

劳伦变得面无表情。她几乎停下了一切，有几分钟，她像是停止了呼吸。接着一丝浅笑浮现。

“他告诉我，他有种以前从未有过的意识，像是一只走卒在棋盘上被人挪来挪去。”她说。

我沿着公园大道向我的车走去，大脑一片空白。我们的小人正在棋盘上肆意摆布我和杰瑞米！那个假人不可能做出任何正确的事。然而，自我们十八岁起，他便影响着杰瑞米和我所做的一切。

我开车回到新泽西班加什的家，我感到这个女人给了我某种信息，这信息又是来自某个地方的，相比之下，通灵的花费不算多。劳伦似乎相信，正像我认为的那样，杰瑞米在某个地方。她确认了我早已持有的这一想法，但还不完全明白，这是我迫切想要确认的事情。这些事情，无论如何，我需要确认。

我喂你吃饭，接着坐下来与金、莫妮卡和他们的两个孩子吃比萨。莫妮卡年幼时便失去双亲。正是她告诉我起床时速度要快，并且时常活动。莫妮卡认为通灵可能会有所帮助，如果再撒点盐上去，她会极度热衷于我的际遇。

“她说的最古怪的事情是与这件事相关的牙齿。”我告诉他们。

金的脸色浮现出奇怪的神情。

“牙齿？”他说。

“她说，‘杰瑞米向我展示了他的牙齿’，然后她问我，‘牙齿有什么意思？’我告诉她，我们是如何提交牙科记录的。她说，‘你们能拿回的只有牙齿。’”

金听了差点把叉子掉在地上。

“噢，天哪，”他说。“没人希望告诉你这些，她值这些钱。”

金解释到六个月前，在我们九月份去失事现场查看时，验尸官曾告诉他和外公，杰瑞米是通过牙齿得以鉴别出来的。

我迫切地想听金讲述细节。一些牙齿——应该不止一颗？什么牙齿？它们在哪儿找到的？他不知道。我得问问验尸官。

我对自己的好奇充满惊讶。我发现自己如此期待几周以后——2 月 23 日——联航 93 航班的家属和验尸官的见面。在情人节，我驱车来到克兰伯里利萨·比默的家，驾车向南约需一个半小时,在新泽西中部。利萨和我想,既然我们的丈夫在一起过情人节,我们也应该这样做。情人节的午餐没啥特别的,除了一群电视台的工作人员来拍摄利萨,占用了几分钟的时间。她看上去太迷人了,我们就这样共度了一个情人节。

我一点儿都不了解利萨,但与她相处会感到亲切自然,就像两位多年的女友相聚。九天以后,联航93航班其他三十八位乘客的亲属相聚在新泽西伍德布里奇的希尔顿酒店,我坐在利萨和奥玛·格里克中间,与华莱士·米勒——宾夕法尼亚州萨默塞特郡的验尸官——会面,那个地方正是飞机坠毁之处。我们与联邦调查局,联合金库以及失事地点产权的一位拥有者坐在一间类似于大学研究室的屋子里。

我们第一次了解到,经过全力搜寻,有哪些物品找到了,这项巨大的工程由两百五十名联邦调查局探员领衔,得到了几百位技术人员、开凿者、专业攀树者、志愿搜索者和十八位牙科医生的支持,牙医最终确认了罹难者的牙齿。

华莱士·米勒站在屋子前方,他是位黑发、骨感的男士,架着副眼镜,年约四十五岁。他一张张地解说幻灯片,凹坑、附近的树林,以及排水池塘内溅落的一个巨大喷气发动机。搜索工作升级至某种考古发掘。探员们挖掘进入烧焦了的洞坑中,机身隐匿在这,但是他们散开搜索,标出从机身飞出的物件最远的溅落点。要在方圆一百英亩的地域内区分遗骸简直不合情理。一个人身上的一小部分可能出现在洞口。接着半英里之外，又发现那个人的另一部分。人们费尽心力，回收每一件可拯救的物品，但大部分机身及其搭乘者都燃烧成了炙热的尘埃，消散在空气中。华莱士·米勒称之为“火葬过程”。

我听到这几个字深为震惊，因为劳伦曾用过同样的术语。也许她是一位飞机失事专家，我想。

各式各样的“物品”被发掘出来。人的遗体、飞机部件、行李箱厚片以及衣物碎片。毒芹，高大葱郁、四季常青，在失事现场四处蔓延。但大多都被从飞机裂口处滚出的火球烧成了火柴杆。随火球迸射而出的是金属碎片，呼啸着飞入林间。一些碎片嵌入树干达六英寸之深。夏季至秋季的更替化为一堆残骸，大量的飞机碎片、人体的一小部分，缓缓地从几百棵冷杉树上洒落下来。此后，攀树者被召来清理树木。

飞机撞地的速度在商用飞机的失事中几乎是空前的。飞机通常是在起飞和着陆，或者是在发生紧急机械故障，飞行员奋力让飞机升空或下降时失事的，在上述情况中，飞机通常采用减速飞行。93 航班扎得又深又猛。近来惟一相似的例证是埃及航空公司的空难，副驾驶故意驾机向大西洋俯冲。所以 93 航班遗体甚少，甚至连飞机的残片也所剩无多。8%:这是遗体找到的比例。通常,米勒说,这个数字应该在17%~30%。

那天早晨,在伍德布里奇公布了许多数字,绝大部分数字残酷无情。面对找到的1 500份人体样本,即使是DNA鉴定也无能为力,因为这些样本破坏得太严重了。尽管如此,大量的匹配工作仍在进行,配合牙科记录和指纹鉴定,所有四十位乘客都得到了辨认。

当米勒提到四位劫机者的遗骸也被找到时,一些人愤怒起来。

“你能把他们烧了吗?”一位妇女问米勒。

“是的,我们不想要他们留在那儿。”另一个人说。

华莱士说这由联邦调查局决定。随后,他继续解释更多的数字。

我在一种惊恐的迷惑中听着这些。如果回到九月,我根本就无法看——现在,我目不转睛。天哪,我正坐在这里听这些血迹斑斑的陈述,我想。听了那么多,有一次我不得不冲进盥洗室。随后,我逃到日托室,看着你,此刻,你像平时一样酣睡。但我还是不时地回去听华莱士·米勒的陈述。

米勒结束了坑洞挖掘过程的描述,并解释完毕大范围的失事区域是如何被分区搜索的——男人们和女人们肩并肩的用手和膝盖匍匐前进——会议提问开始。

我站起来斥责联邦调查局颁布了一个由罗伯特·穆勒签字的备忘录，告诉我们不能听机舱中的黑匣子录音。黑匣子在录音结束以前，记录了飞机前舱发生的骚乱，从捕获的声音中，听上去像是一群人冲入了飞机的驾驶舱区域。

“你们告诉我们不能听这个录音，是因为这对亲人太过残忍，”我说。“联邦调查局哪来的权利做此判断？我可以告诉你们，每一件我所能遇到的可怕事情都已经发生了。可怕的事情是失去我的丈夫，但又不得不认命。”

我出离的愤怒。失去杰瑞米后，联邦调查局很快就来找我问话，而且长达几天，那时我不想对任何人说话。我敞开门让他们进来。我接受了他们拖拖拉拉的问话，那是我生命中痛苦不堪的谈话。现在，我要求他们的帮助。如果杰瑞米的声音出现在带子里，我要听。我一定要听，我渴望听到。

人们齐齐地鼓掌。第一次，所有的家庭不再为了纪念活动而集聚一堂，而且这一质询的确释放了我们郁积已久的某种能量。其他人开始大声地应和我。迪娜·伯内特——她失去了丈夫汤姆——早就强烈游说过我们，让大家都能听听黑匣子的录音。

联邦调查局永远成组出现，通常身着蓝色制服。他们努力做出同情状，但很明显，他们不是决策者。我们知道在华盛顿的某人会打这个电话。这个人我们也许永远无法见到。

“我们听说过你。我们会认真考虑这个请求。”一位联邦调查局主管说道。

我与奥玛·格里克驾车去伍德布里奇，这似乎是个好主意，但我担心回来时不得不安慰某个人。但是奥玛很平静，反倒是我的情绪起伏不定。她的言语令人宽慰，把握得当。我把注意力集中到高速公路上来，尽量避免思考听到的一切。我置身于一个半明半暗的地带中，隐约听到华莱士·米勒的声音，伴随着从树上劈啪坠落的残骸，嗡嗡作响。

随着对93航班事件的深入了解，我越发将其视为一种可怕的挥霍人命，因为那天早晨，它在整个事件的链条中处于最后一环，是9·11惟一可逆转的悲剧。在伍德布里奇家属会议期间，一位本地律师忠告我诉讼时效快到期了，如果我想维护自己的法定权利，最好出去找一位律师。不是所有的律师都能担当此任，只有原告律师才擅长航空诉讼。我会见了好几位律师，所有人看上去都很专业，但我发现自己与米奇·鲍迈斯特在一起时很舒心，他离开K&K——一家顶级航空法律事务所——开始经营自己的事业。

鲍迈斯特来到绿林湖，花了一下午的时间与我和你在一起，这一举动本身便说明了许多。金·班加什也在那儿，因为他是我的财务和法律顾问，耶利米曾经告诉金，万一他出点什么事，请金担负起这一角色。

鲍迈斯特高高瘦瘦，架着一副眼镜，五十出头的年纪。他对飞机失事直言不讳，情绪激昂。我发现这两个特质都很吸引人。他说，他已经归集了与9·11有关的一系列案宗。其中之一便是直接起诉恐怖分子，问我是否愿意参与。

“我想成为其中的一员，但我对在媒体面前更多的曝光有所顾忌。”我说。

“怎么会呢——我们起诉的时候，会把你的案宗夹在其他人的中间，那样就不会突兀了。”他说。

“真绝。”我朗声笑道。

另一种可能是起诉联合航空公司渎职，让恐怖分子携带武器登机，在发生一系列劫机的情况下未能召回飞机，当然还有其他的起诉。然而，情势很复杂，事实上，有一个罹难者补偿基金，其初衷是照顾所有的9·11家庭，尽管似乎没有人确切知道它在货币术语上意味着什么，也没人知道该基金何时运作。到目前为止，该基金为你和我提供了一些财务保障，鲍迈斯特说我们得等等，看看罹难者补偿基金是否能提供足够的安置费用，因为那些从该基金接受钱款的人都被排除在灾难诉讼之外。但是无论基金做什么，针对联合航空公司的诉讼无疑仍将被提起，它将帮助人们彻底清查那天早晨到底发生了什么事。

“你认为你的底线在哪？所有这些诉讼将证实什么？”我问。

“你丈夫的航班不应该起飞，”他说。“但是你已经知道了，不是吗，利兹？”

你爸爸去世后，我开始做着各式各样的梦。我不断地定期梦到在说话和做事的人和动物。但有时，我有——而且仍有——另外一种梦，有时没有清晰的图像。那是一种你事后无法描述的体验。你迷迷糊糊地醒来，嘣一下，周遭的信息和每一件事都清晰起来。

伍德布里奇会议结束后，过了一段时间，我又做了其中的一个梦，尽管这个梦栩栩如生。我甚至不知道两天以后这个梦变成了现实，当时我坐在客厅里读一份杂志，其中有关于劫机者的报道，突然，梦境重现。我发现，哇，那不就是我两天前做的梦吗？

自伍德布里奇会议后，我会时不时地考虑某些事情，尽管所有的乘客描述恐怖分子时说有三个劫机者，但是有四位登上飞机，而且找到了四具遗体。在梦境中，杰瑞米一直指着一块略带橘黄色的蓝布，那是飞机座椅的一部分。他站在驾驶舱后的一等舱，说道：“仔细看角落里。仔细看角落里。”我能看到在一等舱和驾驶舱之间有一个角落足够让一个人站进去。

我打电话告诉爸爸这件事，他说他在同一天晚上梦见了杰瑞米。在他的梦里，杰瑞米指引他看了恐怖分子目标中的其他地方——一座水坝以及一座核工厂。接着金告诉我，在同一天晚上，他也曾梦见杰瑞米给他展示一些东西。

梦境过后的几周，凌晨四点左右，你的一个小小的音乐玩具突然毫无缘由地自己响起来，我在深更半夜被小提琴声唤醒——那是你爸爸的乐器。直到我打开电池板，把电池取出来，音乐声才停止。

第二天，我给金打电话。

“你的孩子们有那么多的玩具——它们会在你的屋子里自己启动吗？”我说。

金笑了。他没有离奇的玩具现象向我汇报。我所在的治疗小组中，梦境接踵而来，一些妇女说，在梦中看到丈夫走路说话，会感到难受，但是没有人提到玩具。当我的朋友安娜·桑·胡安来探望我的时候，这一事件再次发生。我们坐在门廊前，两人都听到了小提琴奏出几个莫扎特的音符。

“屋子里发生了什么？”她说。

我耸耸肩。

“我压根儿没进去。”我说。

现在，我开始综合考虑华莱士·米勒，联邦调查局，劳伦，通灵师和我的梦——这些都不过是不同种类的信息，像碎片一样散落在这个巨大的考古发掘中。我们的搜寻队来了，艾米，根据导向目标追踪爸爸的小提琴，在深更半夜里拨弄那些损坏的玩具。

# 猴子、鲨鱼和龙：一个爱情故事

*Monkeys, Sharks, and Dragons: A Love Story*

国家公园岩石，Estes 园，

科罗拉多，1995 年

亲爱的艾米：

那是1993年春天的一个晚上，杰瑞米兴冲冲地给我打来电话，告诉我他将于三周后参加全国大学柔道锦标赛。我刚刚参加完人类学研究生院的入学考试。我知道他重返柔道了，但我知道罗彻斯特大学的柔道不过是一种俱乐部运动，一小组人凑在一起训练，从不与别的学校比赛。它不是那种能把某人送去参加全国比赛的重要项目。后来，我发现他把学年的大部分时间都用于训练，从罗彻斯特到北纽约州花了不少时间跑了个来回，与一位非常娴熟的柔道手一起训练，杰瑞米幼年参加柔道夏令营时便与这位选手相识。

杰瑞米随身总是带着许多神秘。他喜欢惊奇。锦标赛将在旧金山城市大学举行。

“你可以住在我这儿。”我告诉他。

“太好了。”他说。

自从圣诞节过后，这还是我第一次见到他，但是在这期间，有定期的电话叙述绵绵情意。有一次他打电话来，我一拿起电话，他便开说，“我爱你我爱你我爱你我爱你我爱你……”杰瑞米一点儿都不害羞。

柔道锦标赛在大型体育馆举行，我坐在露天看台的第一排，整个看台都坐满了。实际上，每个参赛选手都属于某个代表队，大多来自有钱的学院和大学。有一位选手来自西点的军队组，结果发现，这位选手的教练正是小笠原先生，杰瑞米昔日在新泽西的老师。

杰瑞米在体育馆里跑了一圈，一头扎进先生的臂膀中。先生看到杰瑞米喜出望外，他以棕带的资质参赛，因为他从来就用不着烦心测试黑带。

“谁是你的教练？你的参赛队在哪？”先生问道。

“我没有教练。我也没有参赛队。我自己来这的。”杰瑞米说。

这并不能预示杰瑞米在锦标赛中会有好运气。先生答应帮助杰瑞米在初赛开始前的几个小时做好一切准备。尽管处于劣势，耶利米还是赢了前三个回合，技惊众人——除了他自己——一路闯入决赛，他将挑战一位来自弗雷斯诺州的资深人士，这是一位世界级的天才，日本最杰出的柔道冠军的儿子，他自幼便接受父亲的训练。与他抗衡的是一位名叫杰瑞米·格里克的无名小子，在中止了五年的训练后，几个月前才重返柔道赛场。

杰瑞米穿着束腰宽松服出场了，那是他的白色柔道服。

如果你有机会透过宽松服观察他，你将发现这是一架人皮包裹的战争机器。块块胸肌隆起，肩膀壮硕，开阔的胸膛下布满一棱一棱的腹肌、腰肌和臀肌。他的前臂肌肉有很好的精准度，增强了他的抓握能力，仿佛它们是用球形锤锤打而成的。他的双腿很长，在他的白色裤子下显露出橄榄色。

他的腰间系着一根棕色的宽腰带，或带子，表明他已经位列棕带，比弗雷斯诺州获得黑带的孩子低一级。耶利米和他的挑战者互相鞠躬，裁判大喊一声开始，他们便投入战斗。他的对手技巧娴熟。为了完成空翻，柔道手必须破坏对手的平衡，找到一个正确的姿势把对方摔倒。起先，弗雷斯诺州的柔道手几次破坏杰瑞米的平衡，但每一次，都被耶利米成功化解。耶利米开始反击，柔道手被压倒在地，但是身体仍然压在杰瑞米的头上。裁判员叫停。他们起身而立。耶利米摩挲着他的太阳穴。

此时，一股鲜血直往我的喉咙上涌。我觉得我没法眼睁睁地看着耶利米受伤。我忘了——如果我曾经了解——这一比赛有多么暴力。柔道意即“温和的方式”，但对这两个体重180磅，想方设法把对方摔倒在地的家伙而言，是决无温和可言的。

裁判员再一次喊开始，他们重新战斗。杰瑞米看上去胆气十足。你能感到他在威吓弗雷斯诺州的家伙，刺探他的破绽。事实上，我没注意到杰瑞米正悄悄地把腿逼近摔跤手的两腿之间，但是我看见这个家伙飞身掠过耶利米的臀部，却奇怪的闷哼一声仰面摔倒在地。人群爆发出呼喊声。先生抱着自己的臂膀。

“Wazami。”裁判喊道。杰瑞米因在弗雷斯诺州小子身下横扫他的腿而得到半分。如果他能在剩下的五分钟依然保持领先，他将赢得比赛的胜利。如果他的对手得到半分，结果将是和局，如果他们中的任何一个都未获得一个全分，比赛将立即结束。

这是一个险象环生的时刻。因为胜与负的分水岭通常只是一个完美的摔跤，许多柔道手在这一情形下会紧张得发噎，避免失手的心情胜过攫取胜利的欲望，比赛中犯的一个致命错误便是参赛者躲避他的对手，这无异于自行宣告失利。杰瑞米现在必须掐过比赛的最后三分钟，不被对手掀翻，对手以卓越的摔跤技巧而闻名，曾在柔道学校扎扎实实地打下这身功夫。

先生大叫着鼓励他，催促他进攻。这两个对头抱成一团，抓住对方的柔道服。你进我退，身体轧在一块儿，试图用胳膊肘夹紧对方的脖子，四只脚在四条腿之间游走，臀部倾角的细微变化都在暗示劲会往哪儿使。每个人都努力看清对方腰带所在的位置，他的带子是重心所在。头、手、腿都可以佯攻，让对手失去平衡的同时进行第二步决定性的攻击。所以你得注意腰带，因为那个中心从不说谎。

我已经记不清在那三分钟里发生了什么事，但我知道，当裁判举手示意时，比赛结束了，他走到体育馆中央，大喊道，“Soremade！”

选手各就各位，立正，喘息。

“Yusei-gachi！”裁判高喊一声，指着杰瑞米。

观众登时疯狂了。他们一跃而起、跺着看台、尖声喊叫。整个体育馆轰鸣一片，像是置身于教堂的大钟里面。我也跟着尖声喊叫。杰瑞米走到对方柔道手跟前，握了握他的手。我们后来被告知，弗雷斯诺州小子的右臂在比赛中被折断了。

棕带打败黑带是混乱的主要原因。特别是被一个籍籍无名，既无参赛队又无教练的棕带打败。耶利米不仅夺得了大学柔道赛的冠军，他的技术显然处于较高的水准，当场就被他们授予黑带。官员在挑选黑带的时候，我们得在那等上一会儿。我们回到海特我的小小的公寓时，耶利米的脸上挂着狡黠的微笑。在这里，他充分展示其巨大的天分，最终作为不可思议的事而获得认可。我告诉耶利米我简直太惊讶了，纯粹是在无意中看到了一场只能被称作是他的艺术形式的比赛。

我的两个同屋不在，所以整间公寓都归我们所有。耶利米洗了个澡，我们注意到垫子擦伤遍布他的全身，他的手指已经开始淤血。我们点上蜡烛，把枕头放在客厅的地毯上，整晚看电视、聊天。我们铁路公寓的街对面有一间小客栈。我们透过一扇窗子，看了一会儿那幢屋子。我告诉杰瑞米，有时你可以看到人们在那儿打斗。噢，太棒了。他说。

我们没待多久。我发现我不断地说这句话，但现在，我再看看那时，我们真的没待多久。他在第二天或者第三天就飞走了，我记不清了，他离开的时候，一股强烈的情绪油然而生，地平线上会有一场冒险在等待着我。

杰瑞米离开的当天，我收到了位于玻尔得的科罗拉多大学的入学函。春季的晚些时候，我住在了落基山上，可以从后门出去，爬上弗拉伦山脉。几个月过去了，我开始意识到获得硕士学位究竟意味着什么。我学习医学人类学，或者是环境和文化因素如何影响疾病。学业要求极为苛刻——你得成天读书，但仍跟不上。我担心可能匀不出时间和精力给住在几乎远隔一个大陆的男朋友，我给耶利米寄了一封冷酷无情的信，表达了我的想法。

我从没收到他的回信。现在他已经从学院毕业了。我甚至无法肯定他在哪里，让我抓狂的是不知道他在干什么，是否在想我。我能寻到他的踪迹，如果我真的想这么做，但是我得让我自己进入状态，心绪焦虑的我无心给他打电话。当我开始研究生院的工作后，就不再为他担忧。我有一具课堂研究用的木乃伊，来自非洲古努比亚，太特别了，简直让人着迷。一天结束时，我的手上沾满了木乃伊的灰尘，我认为这可能会有益，因为它们成功生存了三千年。在我木乃伊时期的某地，我听小道消息说杰瑞米住在家里，为一家汽车租赁公司工作。显然，他是为了租车才走进车行的，但出来时却成为一名推销员。人们很快就发现，他具有与人沟通的天赋。他自信，有魅力。买家买杰瑞米推销的产品是因为他买的是杰瑞米。

五月，一个周六的早晨，吉米·贝斯特打来电话。他在这里滑雪，正在玻尔得，我听了吓一跳，我有一年的光景没有得到杰瑞米的任何消息，而吉米则更长。我们相约喝酒的地方只有两杯特别调制的混浊不清的玛格利特酒。我大概用了一分钟询问耶利米的情况，一杯玛格利特酒下肚之后，我便开始滔滔不绝地谈他。吉米和我去了一家舞蹈俱乐部，狂喝、劲舞、笑个痛快。

“他在和别人约会。”我们回家时，吉米说。

“我也是。”我说。

“他不是认真的。”他说。

“我也不是。”我说。

“我给你他的电话号码——为什么不给他打电话?”吉米说道。

“因为我害怕。但请把我的电话给他，我爱他。”

第二天晚上，我从体操训练馆回来时，我听到了耶利米在我电话中的留言，一接通他的电话，我们俩像是什么事都没发生过。没有道歉、也不需要任何道歉。杰瑞米在纽约城的一家公司找了一份新工作，为音乐商店提供电脑信息服务，其中包含几千位艺术家和唱片的信息。你爸爸热爱音乐，而且在这里，他确实靠卖五年前尚不存在的技术赚到了真金白银。他和同伴住在一起，但不多久，他有足够的钱租自己的屋子了。

他两周后来看我，我们从机场回来，一进屋，他就消失在我的盥洗室里，有好长一段时间，非常不正常。他的鼻子严重出血，这可能与海拔有关系——玻尔得海拔五千英尺——他把我的水槽搞得一塌糊涂。

“那血没关系，”我在门外说。“现在，从盥洗室出来吧，跟我坐一块。”

我热爱玻尔得的生活，并向耶利米炫耀，干燥棕色的山脉充满着魔力，让你禁不住想在其中漫步、骑车、跑步、划独木舟，之后坐在大山之间。我们在国家公园落基山外围野营数日——我戏称他是“全副武装的骡子”——驮着树干大小的背包，里面装着工具和所有美味的食物。我们找到一块靠近石崖的空旷地带，支起帐篷。繁星满天的夜晚，清冷明朗。我们谈着分离、孤独、误解，甚至是痛苦，这是上苍的好意，因为年轻，那些事情势必会发生，而且像颗小型炸弹那样引爆。但无论如何，生活还在继续。我们谈论着命运，尽管各自犯着错误，但仍一次又一次地回到对方身边时，这两个字到底意味着什么。我们答应振作起来，不再抛弃对方。

远足归来，一声春雷在头顶炸响，在密集的闪电中，我们在山路上踉踉跄跄地奔跑着。找到停车场时，两人已然浑身湿透，禁不住放声大笑。我们立马在那儿把衣服脱掉，在车里找了件不太合体的衣服换上。

在丹佛机场，我做了件平生所做过的颇为艰难的事情之一，与你的爸爸告别。很快，我们就达成了默契，每个月轮流看望对方。在这期间，我们收到高额的电话费账单，几乎难以承受。有一次我接到一个古怪的人打来的电话，要求消防部门派一辆有钩子和梯子的卡车，营救一只在树上的猫，我不禁对消防队产生了兴趣。于是我在一堆目录中查寻，想学习猫上树的有关行为方式，这时我才意识到是杰瑞米打来的电话。可那样的事经常发生。

我们没多少钱，所以他来西部的时候，我们在一些公园——诸如落基山脉国家公园，位于玻尔得的西北角；或梅瑟佛德，在科罗拉多的西南角；或国家历史文物大沙丘，离州东部边界仅一半路途——宿营。杰瑞米是常在野外活动的人，他把我们的食物高挂在树上的隐蔽处，防范狗熊。他的脸上长出一些胡须，是金黄色的，其中夹杂着醒目的红色，他飞回东部——在格里兹里亚当斯待一周——的时候把它们刮掉了。有几张照片，是我们俩戴着棒球帽的侧面相；有开着我那辆破破烂烂的“野马车”，演着傻乎乎的说唱乐的样子；或是在大沙丘，从像撒哈拉沙漠那样一望无际的沙丘上一路滑下的情景；另有一张照片，你父亲坐在栅栏柱上，一群北美驯鹿在他身后逡巡。我们像孩子一样，在被关了几天禁闭之后终于奔出牢笼，自由自在了。

1995年夏天，经历了一年时间的互相探望——当然，是认认真真的——我完成了硕士课程，搬到丹佛，希望这里比玻尔得更好找工作。但是机会不像我期望中的那么多。每回在电话中说再见时，我总要哭上一回。我们中的一个必须搬迁。十一月的一个早晨，在仔细看过求职广告后，我突然明白，没有必要再生活在痛苦中了。我的大多数朋友和家庭都在东部，我敢肯定，我能在纽约找到工作。我马上打电话给杰瑞米。

“感恩节你想干什么？”我说。

“外出，我想，全家去詹妮弗那儿……”

“错。你应该要到这来，把我接回家，”我说，“我不能再这样下去了。”

耶利米把电话扔了，兴奋地咆哮起来。他终于得到了自他十三岁以来一直盼望着的，或多或少公开的愿望。

感恩节期间，他飞到我这来，我们在韦尔滑雪。他赚了许多钱，我们可以住在一家像样的旅馆里，享受一顿美味的晚餐。接着我们打了一个包，向东进发。在五天的美妙生活中，我们做了每一件此前在汽车旅行中不允许自己做的事情——大多是在卡车站点浪费大把的时间，玩电子游戏或是吃三明治。现在，杰瑞米搬进了纽约城沃伦街一个破旧的阁楼里，我们到那儿时，他递给我一打精心包裹的地铁票和烟雾剂。我特别需要把后者用在满屋子乱窜的老鼠身上。我很快就在一家小型的公关公司找到了一份差事。我们搬进我父母在第八十五大道和麦迪逊的公寓，一间小工作室。我们分分秒秒都和对方在一起了，真是太好了。

我们在第五大道采买圣诞节物品时，我把他拖到蒂芃尼。

“看那枚戒指。”我说。

我指着一个有六棱白金底座的钻石，样式简单而传统。从那天起，我便时刻注意着杰瑞米，因为我想他在没我的示意下绝不可能去买那枚戒指。特别是我在他工作时打电话给他，看他是否溜号。然而，他开始每天七点前起床，这已经露出端倪，因为你爸爸最恨早起。他说他得和一些法国客户吃早餐，当然——我后来才了解到——他与一位珠宝商碰面。尽管什么也没发生。一月来了又去了，我的生日也过了。没有戒指。接着他和吉米·贝斯特做了一次短暂的旅行。我并不知情，他们去了温德姆，杰瑞米去那儿求得我父亲的同意，与我结婚。

“为什么来问我？”外公说道。“那是你自己的生活。”

外公私下里很高兴，杰瑞米折腾一圈来征求他的同意，特别是当答案如此明显之时，因为外公认为杰瑞米最接近我理想丈夫的标准。但是为了让他心烦意乱，他让他等到第二天早上去征求外婆的意见，耶利米因此整个晚上心神不定。外婆，当然，举双手双脚赞成。

几天后，耶利米带我去罗亚尔顿饭店。他告诉我，某位同事说那儿有个非常好的马蒂尼酒吧。耶利米看上去极度紧张，好像担忧着什么。酒吧很挤，我们一到那儿，他便一口喝干一杯马蒂尼。他出什么事了？我想。他喝那么多那么快。我一晚上都将待在这儿，看他这样吗？

“我们坐那边去吧。”他的话语有些僵硬，指着在大厅里散开的白色长条形软凳。他跪下，手伸进夹克衫口袋里掏着什么，结果掏出一个品蓝色的盒子，然后他向我求婚。

求婚本身不像来自上天的霹雳，但是他将气氛制造得如此神秘，着实让我大吃一惊，激动得流下泪来。我说，“我愿意，你为什么要等到现在才说？”

整个晚上，他还在向我展示其他的惊喜。这次我们没去计划中的汉堡连锁店吃饭，而是在饭店用餐，他还在这里开了一间房，尽管那时我们的钱不多。房间里摆放着我的箱子，里面放着我第二天上班用的全套装备，同时还有配套的皮带和鞋子。

“我在等待直升机降落在楼顶，带我们去自己的岛上。”我说。

“想什么时候来就什么时候来吧。”他说。

我们在 1996 年的劳动节举行婚礼，那天恰逢周末，有二百五十位宾客前来温德姆那座古老的石头教堂。婚礼不属于任何一个教派，杰瑞米是犹太人，而我从小在新教信仰中长大。天很热，我听不清牧师说了些什么，两人的手汗襟襟的，汗水滴在地上，我们只顾不让它发出声响。婚礼第一次把我们不同圈子的朋友聚到了一起，这个闹哄哄的宴会持续了好几天。

“好的，让我们谢谢小人儿。”度蜜月前的一个晚上，我们相拥躺在床上时这样说。

“是啊，终于。可能他需要去某所特别的学校或是干些别的。他的技术已经过时了。他需要去国际魔法象棋学校。”

“他感到无聊之时，正是故事开始之际。”他说。

“那是当他遇到多利安时。‘让耶利米走进去，送他去科罗拉多。’”我说。

“接着他好事，‘让吉米·贝斯特也掺乎进来，送他去科罗拉多。’”他说。

“对了。然后他把丹佛的工作都抹掉了，所以我不得不回来。”我说。

我们在巴厘岛度蜜月，那是印度尼西亚的属地，世界上最著名的穆斯林国家，这一事实对我们没有重大意义。前五天，我们住在一间没有电的茅草屋内，位于北海岸的一个小渔镇上。我们被一群公鸡吵醒，动身前去吃早饭，杰瑞米身后跟着一帮孩子，他充满着吸引力，因为他比镇上的任何人都要高上一英尺。浑身是毛的狗和猫根根肋骨清晰可见，但人吃得不错，也很友善。印度教在巴厘岛很盛行，杰瑞米对棕榈叶祭品和寺庙里嵌在小红花中的熏香留下了深刻印象。此后，我们由内陆进入乌布。为了进城，我们不得不徒步穿越猴林，等到返回旅店时，天都黑了。猴子在我们的头顶啸叫，发出可怕的喧闹声——我们在漆黑的森林中摸索着回家的路，整整有十五分钟，猴子的尖叫声在我们四周此起彼伏，但就是不见它们的踪影。我们确信，自己将在几个月后被人发现，骨头被剔得干干净净的，惨遭猴子的屠杀。我们发现猴子真让人着迷，于是在森林里多待了会时间，白天也是如此。它们跳到我身上，在我的口袋摸来摸去，掏出一块连我都不知道的糖块。

下一站是松巴哇岛，距巴厘岛东部几百英里。我们乘着一架年代久远、让人不寒而栗的涡轮螺旋桨式飞机前去，飞机由一家印尼航空公司运营，专门在岛上着陆。从巴厘岛到松巴哇岛，景色由郁郁葱葱的绿色雨林生态系统渐变为土褐色、贫瘠的环境，与亚利桑那州的环境相似。我们从松巴哇岛往南，登乘船只前往小型的科摩多岛，我们在危险的漩涡中艰难前行。几个小时后，船停下来了。

“你们从这里游过去。”一位船员说。

我们下到水里，水很暖和，泛着黑色，有些湍急。

“有鲨鱼吗？”杰瑞米冲着船喊道。

“有的。”有人回应。

我探出头来看看耶利米，他在我身边忽上忽下，高兴地咧着嘴。在我眼里，他从来没像那一刻看起来那么英俊，他古铜色的上半身露出水面，左面肩胛骨上有个小小的文身——一个被土星光环包围的阴阳标志。我回头冲着他笑了，两人不停地游着，尽管离船越来越近。

天黑之后，我们到达科摩多岛。我们在船上睡觉，费了牛劲才把我们的床垫拉到船顶上，就是为了贪图上面的凉快。我凭借着在澳大利亚学到的知识，指认南半球的星座。第二天一早，我们看到了巨蜥，硕大无比，这古老的蜥蜴足可以杀死并且吃掉一整只鹿。我们的向导在篱笆外面用棍子轻轻拨弄它们，这一举动可激怒了小恐龙。它们甩着尾巴，紧咬下腭，以警戒速度四处奔跑。我不断地接近它们，杰瑞米可担心了，大吼着让我离开。这些住在洞穴里的龙，身上溅满了血迹。

船花了七个小时才返回原地，一路上水流湍急，我们晕船了——晕得天昏地暗，老实说，我们已经没有力气从船顶爬回甲板了。然而只要彼此相伴，我们可以对一切都满不在乎，哪怕他们连着三顿给我们塞鱼头和大米饭，谈笑之间也就对付过去了。

“鱼鱼鱼鱼头。”杰瑞米说，他把盘子推到我的鼻子底下，咂咂嘴。

“别这样。”我说。

我们回到松巴哇岛后，在岛上消磨了一段时光，与巴厘岛比起来，这里全都是穆斯林，即使是按照印尼的标准，这里也算穷的，许多当地居民以盐业为生。妇女们把脸遮盖起来。看起来，没人在微笑，许多人身体畸形。我们住在靠近机场的一个肮脏的旅馆里，下船之后，我们又热又脏，直奔池塘，也不管它的气味有多难闻。池塘周边，脏兮兮的狗到处乱窜，一只发情的小猴子想要骑在狗背上。我们接近它时，它龇起牙。我们一个猛子扎入池塘，在中央踩踏水花，猴子上窜下跳，尖叫不已。

“你干吗把我推向猴子？”我说。

“不，不，不，我是在保护你。”耶利米开心地大笑起来，他拿水泼猴子，猴子跑到了池塘边上，尖声嘶叫，口水涟涟。我们打赌，看猴子是否会游泳。我们在松巴哇岛度假地的死水中泡了有半个小时，再抬头向上看时，发现它早就跑了。

第二天，我们开始了一连串回国航程中的第一程。从空中俯看，松巴哇岛呈棕黄色，山脉在云朵的遮蔽下，留下条条刈痕，这片土地像是与我们的时空交错而过。我想着巴厘岛、肯尼亚和松巴哇岛，想着美国人有多健忘，想着这个世界的其他地方与美国有多么迥然不同。但是美国之外的世界正在从机窗中渐渐消失，我们踏上了归途，准备开启我们自己的生活，与旁人无关。或许，我思绪万千，把头枕靠在杰瑞米的肩上，闭上眼睛，睡了过去。

记忆盒

*Memory Box*

复活节快乐！艾米和小兔子在一起，2002 年春天

亲爱的艾米：

自从你爸爸去世后，三月初我去尚克斯维勒时才第一次乘坐飞机，那是在袭击六个月纪念日前不久。机组人员对《今日》节目很有礼貌，这个节目想采访一些93航班的妇女，拍下我们在现场的实况。利萨·比默，爱莉丝·霍格兰和我一同前往，爱莉丝是马克·宾汉——前橄榄球队员，也是显然冲进驾驶舱的人员之一——的母亲。

“飞行没事吧？”我母亲问。

“当然，因为我知道失事时会发生什么，一点儿都不痛。你只是打足了气爆掉。我带艾米一起去，我们只不过，扑的一声，消失了，上杰瑞米那儿报到去了。”我这样说。

“干嘛说这可怕的事，”她说。“你怎么能这么说呢？”

这就是我的生活和我的丈夫，因此，我认为我有权利告诉她我是如何看待事物本质的。

我料想，参加由电视节目赞助的旅行说不定会让我在飞机上闹笑话。登机时，我还好，可你一在我的膝盖上坐定，就指着我们正前方椅背后的电话，发出一连串快乐的

“嗒嗒嗒嗒”。我想不出来你是如何建立那种联系的，但是看着你一脸认真的样子，我平时的反应又来了，哭，而且尽量不让你知道我哭了。

我想，第二次来失事现场完全是自己的主意，这次比我在失去你爸爸后立即来这，头脑要显得冷静多了。几周前，在伍德布里奇与验尸官华莱士·米勒的会晤唤起了我的好奇心。现在米勒正在尚克斯维勒现场的大门处接待我们，带我们在整个地区转了一圈。在一座小山坡上俯看坠机地点，那里临时搭建了一座纪念馆，收藏着全国各地的参观者带来的物品。横幅、旗帜和鲜花。有一排木雕的天使，漆成红色、白色和蓝色，每一个天使都代表着一位乘客。“坠机地区”的挖掘和绘图工作已经完成，留下一片宁静和空旷。小旗帜、土堆和推土机不见了。探员、工人和技术员不见了。地上标示飞机消失的坑洞也不见了，米勒把我们带到出事地点，那里用栅栏围住，无法入内。

天气，再一次的，显示出不友好。春天就在几周之后，但是疾风劲驰，冷彻骨髓。

“你找到什么啦？找到器官了吗？找到头颅了吗？”我听见自己在冻得打颤的唇齿间问这些问题。问到细节问题时，还是如此胆怯。

“我们没有找到任何一个像那样大小的物品。”米勒说。他解释道，由于人体的大部分是液体，当飞机坠地，遇到强大撞击时，人体会像水泡一样炸开，只留下骨头、牙齿，没有完整的软组织。手脚部分被找到是因为它们与较为坚硬的结缔体素连接在一起。这与我向母亲解释的是一致的：这一殒命的冲撞把那一刻无限压缩，甚至人类都感觉不到痛苦。认识到这点，充其量不过是一剂头脑麻醉剂，让我不再对可怕的细节痛苦。生即是死，两者之间似乎没有界限。

因气温原因，我们在外面不宜逗留太久，在米勒的车里我们继续讨论，利萨·比默问了一连串她的问题，我仍旧对细节不甚满意。我问我们是否能去飞机修理库，搜寻者把所有的个人物品都汇集在那儿。

"那得由联邦调查局首肯，"米勒说。"我们不能去那儿。"

我非常不喜欢那样，但我同样了解米勒在尽心尽意地为家属做事。他曾竭力反对让那块地变成纪念馆。他给了我们他所有的移动电话的号码，以便每时每刻回答家属的问题。失事调查几乎把华莱士·米勒造就成一个英雄——他与英雄非常接近了。把家属召集到伍德布里奇来就是他而不是政府的主意。联邦调查局打道回府后，米勒安排来自十三个国家的消防队员和紧急医疗技术人员赴西弗吉尼亚继续梳理现场。他还把国民警卫队请来，又聚集了一批从小长大的朋友去那，试着做进一步清理。如果米勒说我不能去飞机修理库，那我就是不能去。

人们找到两种类型的个人物品，并登记造册。一类是有主的物品，它们有些特殊标记，能清晰标示它们与某个特定的人的财物相关。这些物品在逐渐归还家属的过程中，但好像并不多，米勒答应这些物品将在几周后归还我们。另一些无主的物品没有个人标志。于是被拍下来，在书中予以陈列，以备我们详查，索取那些属于我们亲人的物品。

几周以来，我不断地在念叨杰瑞米的婚戒，近乎痴狂。通灵者劳伦对发现它的不祥预言反而激起了我的渴望。如果听不到这枚戒指的命运，我就不走。米勒用他自己的手机打给道格拉斯个人物品管理处，该处是被联合航空公司征用的太平间，那里有一些无主的物品，我描述它的样子——一个嵌入式白金指环，足以套进杰瑞米特大号的手指。那里没有。这也不是什么新发现，因为这可能是第六次我让别人或者自己打电话查找这枚戒指的下落，但是我仍怀有一线希望，米勒能给我带来不一样的结果。那枚戒指已经成为杰瑞米给我的护身符。

“那么有哪些我能拿回的东西？”当米勒挂断电话时，我问他。

“一张信用卡，”他说。“部分融化了，但大部分还是完好的。”

“就那个？”我说。“那其他家庭呢？”

“在我看来，你得到的比其他家庭少一点。”他说。

“可能会有其他东西出现。”我说。

“不可能，”他说。“搜索已经结束了。”

我的下巴开始哆嗦。利萨·比默坐在我的身边。她以某种方式看着我，说道，姑娘，你最好看清这个黑色幽默，或许你真的输了。

我的下巴不再哆嗦了。

“如果你没找到那枚戒指，这个夏天我就带着金属探测器自己干。”我说。

“嘿，我会帮你找的。”他笑道。

“一言为定。”我说。

“如果你们俩像疯子一样在这儿东翻西找，四处掘坑，我才不会惊讶呢。”利萨说。

当然，我很快就回到了新泽西，孤身一人，没受利萨的影响。我死活都在想着那枚该死的戒指——就像，如果我想得够多，在某种程度上我就能获得它，强迫它回到我的身边。每天晚上，上床之前，我对自己说，你确认你将找到它，像个祈祷者。我和金、吉米研究过白金是否容易融化，然后我外出找了一些珠宝商。我为自己设计了一枚新的戒指，把杰瑞米（一旦找到）的戒指和我的戒指熔铸在一起，同时外加一些你——艾米——的代表性标志。我还没决定那是什么。

在这期间,治疗小组正打算阅读一本书——《当好人遇到倒霉事》。没人真的读它,我扫了一眼,被其中的一个章节打动了,不要为已经发生的事祈祷,因为你无法左右它们。我知道,这话听上去人人都懂,但它却打破了我对戒指的幻想。这段老套的章节是我从这本书中惟一保留下来的,但却很有用。

我告诉治疗小组我对戒指的新观点。

"在期待能找回它的过程中,我的感觉很好,"我说。"可现在的感觉不对劲,就像我坚持不懈地前去搜寻,可仍然一无所获。"

几天以后,我再一次旅行,第三次造访白宫,这个故事已经浓缩成几句话了。总统发表讲话,这次是面对一大群人,可能有一千人——9·11家属聚集在玫瑰园纪念空袭发生六个月。总统的演讲与其他演讲一般无二,我也没留下什么印象。我一脚踏进饭店时,你正在发烧、呕吐,我仍鲜明地记得这是在一个陌生的房间,一幢陌生的建筑、一座陌生的城市里,意识到我孤身一人对你负有责任。让我害怕的不是我将错过的睡眠,而是当你整晚哭闹的时候,没有他人来帮助你。正是这件事让我与舒服永远地说再见,因为那儿总有一个人需要我。

我哥哥皮特从他家里打电话过来。他打算和女朋友出去喝一杯,问我要不要一块儿去?

我不能，我说。艾米病了。

回到绿林湖的居所，我长舒了一口气，湖里带来的沙子散到路面上，阵阵水波漾起森林的气息。在这间屋子里，我气定神宁，觉得一切尽在掌握，可是总还得做些什么，比如训练萎缩的肌肉。我很高兴能在停车场打开装有杰瑞米信用卡的包裹。总算，这个包裹里的东西在到家时，没被你扯得四分五裂。

温德姆的殡仪馆把尚克斯维勒有关当局找到的信用卡转交给我，同时殡仪馆也收到了杰瑞米的遗骸，我猜，那可能是牙齿。随信用卡寄来的还有一份棺材的样本目录，那是应我的要求——每一页陈列着不同的棺材样本，帮你出主意，该如何安葬亲人。

耶利米：吸血鬼挑哪个？

我：漂亮的黑色。

那是我在翻看目录的当儿，脑海中跳出的一段对话。我琢磨着，真实的杰瑞米，那个曾经与我朝夕相处，而不是在我的脑海中虚构出一段段对话的人会怎么想，真实的杰瑞米又是如何谈及他不愿长眠地下。是啊，我想，你的确了却了心愿。盛放在这个盒子里的，不过是几颗牙齿。剩下的，都已经飘荡于大地，浮荡在天空，或者游动在气息之中了，如果你这么想。

棺材目录后紧跟着一个正式的白色信封，通常作为邀请函使用。里面塞着一张凸印的纸，上写："杰瑞米·格里克的相关财物。封装物品在不同条件下可被视作易碎物品"。信用卡已经被烧焦，缺失了左上角，但你仍可以看到美国航空的徽章——这是常旅客信用卡——以及其他一些公司的标志。有人已经仔细地把卡的一边粘回去了。高温融化了中间凸起的字母。卡的银色部分变成了脏兮兮的褐色。卡的背面，耶利米的签名已经不见了。

我意识到，那天早上，他正是用这张卡给我打的电话，插入他正前方座椅背后的空中电话中。这仅仅是一张信用卡，抓紧，我想。

我给吉米·贝斯特打电话。他能听出我的焦虑。

"你为什么在停车场就打开它？"他想知道。

"我一定要打开它，"我说。"我想都没想。就这样发生了。"

一段时间之后，我拜访了另外一位通灵者，这次是在附近的金尼伦镇。劳伦曾经收了我150美元，看来，还真是不少钱呢，但是这个女人完全免费，她预言，我将会收到来自失事地的某些物品，而且是用皮革裹着的。我承认，我把她当成了盐，但是，在见到劳伦之前，那只不过是一小把盐。我希望能得到更多的东西。先不提我的戒指祈祷，现在我心里七上八下的是，这个即将重新找回的物品将会是什么？有什么东西能在那可以将钢和白金化为灰烬和水汽的高温熔炉中得以幸存？

当然，我知道黑匣子记录仪作为飞机前舱发生事件的证物被保存了下来，从白宫回来约十天后，我接到了联邦调查局的电话，是一位女警官打来的。他们决定让我们听录音。我们要被召集到“某个地点”，所有的人将坐在一间屋子里一块儿听。而且那天，我们可以想听几遍就听几遍。我真希望能在自己家里听，独自度过这段时光，随心所欲地开、关。我丈夫的最后时刻没什么隐私可言。我只是不想让人在我的周围。

“对不起，”联邦调查局的这位女士说。“出于安全考虑，我们只能这样做。”

很多人都劝我不应该独自驾车去听这段录音。金担心我自己开车会出什么事。我爸爸想租辆车过去，一整天的时间全在干这件事。詹妮弗和奥玛·格里克也想去听黑匣子的录音，但是她们自己开车去，与我的想法不谋而合。我一脚踩下油门，开车走了。

“如果我到了哪个不适合开车的地方，我会在路边停下来的。”我说。

播放黑匣子的地方在新泽西中部的普林斯顿海厄特饭店。这家饭店外面乱糟糟的，内部倒是加强了警戒。利萨·比默和我几乎同时到达，我们俩从停车场一路奔至大堂，闯过一堆大喊大叫的记者。饭店里有几十位警察，他们对我们进行了搜查，查看我们的身份证。联邦调查局希望93航班的家属给他们提供“遇害证明”，口头说明亲人的去世是如何影响幸存者的。在放黑匣子录音前，他们打算把我们的证明用于审判，可能也会用于其他恐怖疑犯的审判中。但利萨和我属于少数几个不愿这么做的人。我觉得我没法坐在饭店的屋子里，让别人明白杰瑞米对我的意义。一一叙述现在已经不复存在的事情似乎不太可能。因此，利萨、奥玛、詹妮弗和我偷偷溜出去喝咖啡。我们在普林斯顿找到一个安静的所在。

“你们知道，现在，我们还拥有这段平常的时光，可十分钟以后呢，我们将听到最病态、最糟糕的事情，”我说。“现在你们怎样平衡呢?”

利萨不知道，我也不知道。

我们回到饭店时，他们让我们坐在二楼宴会厅的蓝色椅子里，椅子很不舒服。利萨和我坐在后排，如果有必要，我们可以随即离开。屋子前面有一张长条桌子，应该是放钱包和随身物品的。上面盖上了一层布，这样，在放录音的时候，你没法去取你的东西。来自全国运输安全委员会——这一联邦机构负责调查飞机失事——的某个人介绍了黑匣子是如何工作的。为了便于识别，黑匣子给涂成了橘黄色，安装在飞行器的后部。它循环记录三十分钟，是飞机上最后半小时的生命记录。它的扩音器系统非常出色地捕捉住了驾驶舱内的声音，甚至还可以模模糊糊地听到一等舱第一排的声音。相对较响的东西——那可能意味着什么——是关键所在，这是我们想要了解的。

我们戴上巨型耳机。我得用手捂住耳朵，不让它们掉下来。光线变暗，他们开始播放录音带。我们的前方有一个大屏幕，上面有移动字幕的投影，记录每一个字，咳嗽或是哭喊。在记录仪的一边是数字计数器，计算着分钟和秒钟。文字记录比录音带稍快一些，便于人们理解。劫机者说阿拉伯语的时候，他们通常会在屏幕上同步显示英文。

我听到一位妇女在哀求，声音隐隐约约的，她在哀求放过她，我开始进入角色，她可能是一等舱的空姐，据联邦调查局认定，恐怖分子闯入驾驶舱时，她受到致命的伤害。随后，过了很久，几乎什么都没发生。有一些咕哝声，纸页的翻动声。显然，劫机者被驾驶舱中的某些设备搞糊涂了。磁带快结束时，你隐约听到有动静。速度在加快。恐怖分子之间爆发了激烈的争吵。你听到重击声。接着是进攻，不管怎样，开始了。玻璃被敲碎。喊声、尖叫声。我控制住自己的思维，不可思议的响！他们在驾驶舱里！我听到你爸爸的咕哝声了，他在柔道中的咕哝声，他的声音，这是他的标志。我听到了，在强烈的重击声和恐怖的叫喊声中，我马上反应过来，这正是他在搏斗的声音。在一片致命的混乱声中，我听到了。

接着你听到某人呼喊，“停下！让她起来！”

然后是风。长长的一段时间，疾风劲驰的声音。

接下来的是沉默，这是不可避免的。我不要停滞在沉默里，因为它让我恐惧，比我听见的任何声音都更让我恐惧，我怕这沉默永远无法从我的脑海中消除。我从宴会厅冲出去，瘫倒在走廊的椅子里。这时，来了一个人，他的职责是走近你，安慰你，然后，说点什么。

“离开我。”我说。

我从一个人那里接过一杯水。彻头彻尾的冷，浑身颤抖，像是大病一场。人们陆续从宴会厅大门出来，我麻木地站起身，回去拿我的钱包。一位官员走近我。

“你想再听一遍吗？”他非常友善地问我。

我摇了摇头。

我找到了利萨和奥玛，说了声再见。我打算直接从前门出去，但却在中途被联邦调查局的警员截住。

“我们陪你出去，”他说。“外面不安全。”

四位联邦调查局人高马大的男人在我的身边组成了一个方阵，在前门媒体的围追堵截中，我们奋力撤出，太好了，我有保镖，当时我正浑浑噩噩的，有一百位记者在门口伏击守候了整整一天。除了报道新闻，他们还绞尽脑汁地想让某人说上几句。在我看来，第一个被记者逮住的人简直成了人类的祭品，那些盘问能把他连皮带肉地剔个干净，只剩下一把骨头。因此，我庆幸自己能顺顺当当地回到我的车里。上车后，我稍坐片刻。我猜想利萨会发生什么事。我想起来，她很明智地把车停在后面的政府部门停车处，可以悠闲地回到车里，悄无声息地开车走人。

我长吸了一口气，发动车。我打开收音机，传来耶利米和我最喜欢的歌。那是在我们的婚礼上播放的。阿尔·格林。

宝贝，让我们，让我们长相厮守。

我又吸了一口气，开走了。

到家后，我给利萨打电话。

“胜利大逃亡，哈?”我说。

“不完全。”她说。

起初，她的确顺利将车开走，没被人发现，可刚走了一条街区，发现手机没拿。她一走进饭店，记者们便拥上前来，像浇湿的蜜蜂。这是利萨·比默！她回来肯定是为了发表些声明。

“我无可奉告，”她从车上下来，喊叫着。“我忘了那个该死的电话。”

我们哈哈大笑。

我没带你去饭店听黑匣子。我把你留给了尤特,这位保姆刚开始照顾你。尤特是位德国人,但英语说得和我一样流利,她在这时进入我的生活,也卷入了完全陌生的美国漩涡。她守着寡,瓷器般细腻的肌肤映衬着栗色的头发,尽管才二十六岁,但她处事已经很精明了。她是个成年人,必须得对付一个女人,这个女人刚听完与丈夫死亡相关的录音带,回到家中,而且她对这个女人所知寥寥。倒不是我的歇斯底里或是突发性的自言自语。我实在是无法辨析所听到的。那段录音全部印刻在我的想像中,像是被噎住了一般。

我神志不清地对尤特唠唠叨叨,她耐心听着。

"真糟糕你在听着,可你并不清楚真正发生了什么、你猜猜看,……怎么,你不想猜?"我说。

我告诉她,我曾听说他们在考虑把黑匣子的笔录公诸于众,我觉得这是个可怕的错误。我解释说,几个月前美国广播公司新闻部打电话告诉我,空管录音带捕捉到了恐怖分子制服机组人员的响动,正准备对外发布。我所能想起的是桑迪·达尔——机长的妻子,和梅洛迪·霍默——副驾驶的妻子,她有一个与你同龄的女儿。现在可好,整个世界都在竖起耳朵聆听你的丈夫被谋杀的场景。

尤特点点头。

“我真高兴，你能和我女儿在一起。”我说。

她微笑着。

“我喜欢和她在一起。”她说。

显然，我很快就习惯了有另外一双手来帮我，我对此喜出望外。尤特的加入好比让我拥有了一位快乐的小妹妹，她很快就让我精神振奋，不宜说话时，她适时地三缄其口。她活力十足地编出了一个又一个的游戏，或者蹦蹦跳跳地带着你一起去公园，让你和其他孩子一同嬉戏。她给了我与你们俩更多的外出机会。毫无疑问，她爱你，就像爱自己的女儿。

尤特勤快地收拾屋子，但有一个地方她从来不擦也不掸，那是我的书桌，我打算用来存放在尚克斯维勒发现的杰瑞米的物品的地方。迄今为止，信用卡仍然放在那个白色信封中，那便是我所有的收藏，虽然我一直盼着会有更多的物品。倒不是我需要这张卡，但自从它出现后，事情便不断地找上门来。促销广告、账单、常旅客报告和其他以杰瑞米·L·格里克为收件人的物品源源不断地寄来，现在，我总算习以为常了。日子一天天地过去，我逐一终止这些给你爸爸的商务信函。不停地告诉那些装模作样的公司，我丈夫死于9·11袭击，让他们尽快了断此事。

我说干就干，注销了杰瑞米的信用卡，不久E-Z通行人——管理新泽西和相邻州际高速公路自动收费系统的公司——寄了封信给我,通知说他的信用卡不能使用,我不得不另想办法来支付我的 E-Z 通行费用。我打电话给他们,准备给他们一张新的信用卡,等了一个半小时后,他们说需要我的密码,而这只有杰瑞米自己知道。他死于 9·11,可于事无补,因为没有密码,我得填一些表格。

"能跳过这些手续吗?"我说,有些不耐烦。

"可以,如果你能拿出老的信用卡。"他们答。

"没错,我有,"说着,我伸手去拿。"飞机失事调查员刚把这还给我。"

我挨个儿读这些数字,可是死活认不出最后一个。

"我看不出那个字是 6 还是 9,因为它毁得很厉害。"我说,开始有些克制不住自己。这张信用卡让我隐隐作痛。看着它会强烈地刺激我。

"我们需要按顺序排列的全部数字," E-Z 通行说。"好吧。我们会给你寄张表格。一会儿就能填完了。"

E-Z 通行的职员实在难缠,事实上,这一幕好滑稽。也许我该让杰瑞米从天堂打个电话来,告诉他们这是 6 还是 9。我惟一希望的是他能记住他的密码,否则会陷入麻烦。

安娜·桑·胡安——我在玻尔得时的室友——从科罗

拉多飞来，与我、尤特和你一起开车前往温德姆参加葬礼。“遗骸”现被安放在棺材中，我从随信用卡寄来的棺材目录上选中了它。棺材中还有一个“纪念盒”，收纳着人们希望与杰瑞米同葬的物品。结果我发现，如果杰瑞米能自行安排葬礼，他肯定不想要那些劳什子。为了它，有太多的事情要做。整个一周，我都在字斟句酌地写信，准备把它放在纪念盒中，但写出来的话却怎么也不像我在梦中对他的倾诉，正是那些梦，让我在翌日清晨享受着充溢在心中的温暖。我写这封信，别无他求，只是因为感到逝者加在我身上的重负，促使我准备些什么，陪他一同长眠地下。接着，我还得确保几十位朋友和亲友准备的纪念盒中的物品准时送到，因为棺木中的纪念盒安放是有最后期限的。

耶利米：棺木期限？你在开玩笑。

我：恐怕不是玩笑，吸血鬼。

我知道我比治疗小组中的其他妇女幸运些。我们小组谈论了许多有关葬礼的事宜——毕竟，我们共同经历了突然死亡。不时的，小组中的某人会讨论一位警官是如何来造访她，告诉她，找到一些她丈夫的银制品。小组中这样的事情滴滴答答不断，大约持续了一年，因为那儿有几千件物品被找到。在最初的几周，一些妇女听说找到某个肢体或某件物品。一些妇女则一无所获。

一位女士的儿子死于世贸大楼。至今没有他的任何蛛丝马迹,甚至连张口袋中的纸片都没找着。在小组中,她开始告诉我们,她的一位友人刚刚在一场车祸中失去儿子。他还那么年轻,简直太可怕了,但至少还有一具遗体和一座墓穴,有个寄托哀思的去处。因为你应该有那么一个地方。组员们七嘴八舌地建议,也许她可以埋葬一个纪念盒,把他的物品放在里面。这样就有地方可去了。

在开车去温德姆参加葬礼的路上,我告诉安娜,我有那么一点儿幸运,有东西可以埋葬,而不仅仅是那个纪念盒。我们从纽约州的高速公路上下来,开着我的吉普车驶过23号公路上的卡茨基尔斯,进入温德姆小镇。又往前开了几英里,我透过右侧的窗户向外张望,那就是快乐谷公墓,在山坡上蜿蜒曲折。近山顶处,在清晨灿烂光芒的勾勒下,两个男人正在挖我丈夫的墓穴。我看了看身边的安娜,她也看了看我,若有所思。我们来这儿是为了埋葬他。我们顿感惶恐。我哭了。

走了大约一英里后,安娜吱声了。

“我们打算做的事,得提出一个策略。”她说。

“那就实现它吧,因为这不是我期望的样子。”我说。

安娜的计划是不停地走动,注意葬礼的细节,沉浸在现实世界中——屡试屡验的好计策。我们回到家中,给你喂了午饭，给一些朋友打电话。接着，你睡觉了，我把你留给尤特照看，与安娜两人逃到耶利米和我举行婚礼的教堂。这是一座19世纪早期的石头教堂，坐落在一座低矮的山坡上，面朝崇山峻岭，紧邻一座小型的植物园。我让安娜在外面等着，自行步入教堂，冬天它不对外开放。教堂里面，只有我孤单一人，阴冷晦暗。我的思绪一片空白，我深深地吸进一口凉气，向着无尽的黑暗望去。

从教堂出来，我们向殡仪馆走去，这样，我可以和棺木多待一会儿，棺木安放之处四周摆满了鲜花，还有一根巨大的、色彩绚丽的樱桃红色的橡树枝。我们又哭了一会儿，哭着哭着，我开始犯嘀咕，棺材里放了什么东西？不知何故，尽管我对许多东西心存好奇，尽管我知道牙齿也被找到了，可我仍然想不出殡仪馆究竟打算在棺木中埋什么。那一刻，我左思右想不得其解，为什么我不知道。

我们坐了近一个小时，一言不发，还是我先打破了沉默，说，“安娜，如果我让他们开棺，他们会干吗？”

“上帝，我不知道。他们应该这样做，不是吗？”她说。

“是啊。我的意思是，这是耶利米。他是我的。我可以随心所欲地把他从这里带走。”我说。

我们为此争执了好久。你想打开吗？你不想打开吗？你想让我找个丧葬承办人吗？你觉得他会在这里吗？哦，如果他不在，我们可以叫他来。好的，我要不要去叫他？

结果，我们没去叫他。

与你所爱的人精神相通令人倍觉宽慰，但有时，我有种无法抵抗的欲望，想和你爸爸实实在在地在一起。甚至，我有部分意识，始终不愿接受他离去的现实，因为他死时离我那么远，在一片遥远的旷野中，我压根儿没看见它发生。我想让他靠我近些再近些，让我拥有他，哪怕只有一分钟，看看棺木里有些什么也会是一种自欺欺人的安慰。在下一次呼吸中，我意识到，没有任何办法可以让他起死回生，我要让自己做到的是，让棺木里的一切像激光一样印刻在我的脑海中。那顶多不过是个危险的主张。

于是安娜说，“你知道，利兹，可能我们在这儿太严肃了。杰瑞米会笑话我们的。难道你不这么认为？我是指，那里只不过是几颗牙齿。耶利米可能会说，‘你们这些家伙在干什么？坐在小屋里，关心我的牙齿？你们简直在开玩笑。’他会让我们别干这傻事了。”

我们编了一个脚本，想像着杰瑞米是如何站在棺木边，指指他又指指我们，学他的声音说，你们现在在干什么？你们在为我的臼齿祈祷？我不得不笑，打着嗝笑，因为才刚哭完，但却是如释重负的笑。安娜和我多坐了一会儿。直到饿了，我们才上吉普车，回家吃比萨。我很高兴，那天安娜与你和我一起在屋子里过夜。

葬礼定于5月17日周五举行，距失事八个月零六天，因为失事现场处理找到的遗物花了些时日，导致葬礼姗姗来迟。天下起了雨，我们挤在搭建在山间小路上的帐篷底下，有些转不开身。有五十个人来到墓地，外公、外婆和格里克全家，除了杰瑞米的弟弟约翰——他才结婚，正住在日本。所有的好朋友都来了，像吉米和金，荣·扎可夫斯基、安娜、莎丽和戴安娜。尤特在家里带你。

我念了一首亨利·斯科特·霍兰的诗，开篇是这样的，“死亡什么都不是/我不过是溜进了另一间屋子。”我记不清全文，只记得几行，“身披庄严或悲哀的和风/像我们共处时那般玩笑。”以精确的方式表达了我对你爸爸的思念。

接着，为我们主持婚礼的牧师，里维兰德·史蒂芬·扬，说道：

“滋养仇恨，萌生复仇、苦痛和绝望的沃土已然培育，”他说，“如果我们不加小心，心灵将由这一巨大的创痛而蒙上黑翳。”

他说他并不认同这一观点，即我们会让个人的悲剧画上句号，他怀疑我们在杰瑞米身上找到了与此相关的东西。这句话拨动了我的心弦。我不想终止。我想继续。颂词过后，按照犹太教的习俗，每个人铲起一抔土洒在棺木之上，触景生情，我不由得悲从中来，幸好，这时太阳透过云端，丝丝缕缕的光芒穿透帐篷，温暖我的后颈，一如失事后的翌日清晨,阳光洒落在你摇篮里的情形。

大多数朋友开始从墓地往山下走。我们向右穿过 23 号公路,来到白兰地酒馆。这家饭馆兼酒吧的窗户面向墓地,背靠大山。午餐时,你和尤特露了一面,你身穿粉红色复活节的衣服,背后系着一朵蝴蝶结,我带你回家睡觉。换上牛仔裤后,我又回到了墓地,如今上面覆盖着新土。我屈身下跪,在阳光底下来回摇动,失声痛哭,终于让这一切都结束了,我感到好极了,在阳光下仰面躺了半个小时。

有个从阿尔法· 德尔塔·菲来的你爸爸的朋友,约翰·西纳科里,正坐在饭馆酒吧里,看着墓地。他刚喝完第五杯啤酒,这时他看到有什么东西在新掘的墓地上闪动。

"那是什么玩意?"他说。

他向妻子求助。"我看见有物体从杰瑞米的墓地里飞出来。我没开玩笑。"

人们瞪大了眼睛,但约翰确信他看见杰瑞米的魂灵。我突然闯入,满身是草和泥。

"利兹,你去哪啦?"一个人问。

"你没看见我吗? 我在杰瑞米的墓地上打滚,"我说。"嘿,那是在我喝酒之前。"

除了约翰,满屋子的人都哄堂大笑,他像别人一样想念你爸爸,而且曾经得意洋洋地确信他看见了杰瑞米的魂灵。我们转去另一间酒吧,待到晚上,应该说,是待到酒吧打烊,多数人都喝得酩酊大醉。我本打算第二天一早去墓地，但是居然下起八英寸厚的雪，尽管那时已经是五月中旬，我把它当成一种暗示，只能作罢。第二天下午，积雪消融，我开车回到休伊特，知道我把该埋的都埋藏在那里了。

也许是因为有了尤特，我发现那个春天自己外出的更加频繁了。我频频拜访朋友。我去纽约看莎丽。实际上，我没感到自己好多少，但我不能总待在家里。我仍得时不时地躲避来自记者的电话，参加不同的纪念仪式。休伊特市的市长带领一群徒步旅行者走过一条曲折的山路，那是你爸爸和我经常走的路，现被重新命名为杰瑞米·格里克路。这条山路通向一个小型的水域，叫"惊异湖"，站在山顶远眺，视野极为开阔。在那个炎炎烈日，有三十个人与我们同行。登顶后，市长当众宣读这一更名。我把指甲刺入手心，但是我无论如何都忍不住，在太阳镜后哭了。你伏在尤特的背上，咽咽哭泣。我们顺原路折返时，老鹰正借着上升气流滑向山顶。

我把吉普车停在家中的车库里，把你从车座上解下来。耶利米的冲浪板正挂在车库的墙壁上，这是一种超宽的冲浪板，在设计上与滑雪板相似。我这才意识到，夏天来了，但是耶利米再也不会把他的船放到水中了。我环顾车库四周，看见他的紧身潜水衣、山地自行车、哑铃、高尔夫球棍。

季节更替时，我们会一起用到这些器材，而现在只有我一人来用。我把你抱进屋子，喂了点吃的。我在惶恐中度过了一天又一天，但是，照料你却让我按部就班的活在当下。我换下登山装，去衣橱取我的鞋子，无意中发现一个淡黄褐色的文件夹搁在鞋子上。这个怎么会到这儿来？我以前曾在这里翻找过，但是没发现这个东西。

里面是一张明信片，还是我在科罗拉多时写给耶利米的。有一张他大学贷款的账单——两万八千美元——接着是一张参加科罗拉多斯普林斯美国奥林匹克队集训的申请表，只填写了部分。我模模糊糊地记得他曾提过参加奥林匹克柔道队的想法，但我没印象他的确着手办理了申请。我给还在上班的吉米·贝斯特打了个电话。

"噢，当然，他有个宏伟的计划，打算去科罗拉多，并且参加训练，那样，他就可以和你在一起啦，"吉米说。"你当时还在那儿，你们这两个家伙还没有合二为一呢。"

"他想来科罗拉多的斯普林斯？你开什么玩笑！"我说。

"不，我没开玩笑。他赢得了大学赛冠军，美国柔道队邀请他一同训练。他一生都在做这件事，他想让自己晋级。他很有可能这样做。他认识那个队里的柔道选手。他打败过他们。"吉米说。

"那他后来为什么不去了？"

"他找到那份租赁公司销售员的工作，他做起来得心应手，精于此道。我的意思是，他可以把你自己的衬衫卖给你。”他说。

“外加两万八千美元的贷款。”我说。

“不得不考虑，”吉米说。“你到东部来。故事就结束了。”

我想如果他不曾接受第一份工作，其后将会发生什么事，相反，他会全力以赴地参加奥林匹克队。我想这实际上对他来说很艰难。这些年里，他在柔道和摔跤比赛中多次受伤。他改行步入销售业，于九月的一个特殊早晨，兴冲冲地飞赴加利福尼亚，把他所学所知的技能用在飞机驾驶舱内。这决不是奥林匹克风格的柔道，它残酷的一面在于——柔道，这一自卫系统，传承自古老的中国柔术——囊括了所有已知的徒手格斗技巧，而大部分技巧在柔道运动中太过危险。令人窒息的擒拿、断肘、挖眼，以及各种粗野的伤人和杀戮技巧，比比皆是，这些技巧在警察和军队中得以传授。小笠原先生向杰瑞米指出柔道的两面性。他也教我们有权在暴力中求生存，但无权挑起暴力。

我强迫自己的脑子从这种不快的想法中转移。我宁愿想这是杰瑞米，再一次，以一种新奇的方式接近我。

我躺在床上，想起了玻尔得——我们在大山间的野营。那天晚上，我做了一个梦，历历在目。我开着一辆老式的大众牌甲壳虫。边上坐着一个美洲印第安人，他的腿派不上用场。可他仍在开车。

“你是谁?”我问他。

他不作答。我想了一分钟,接着说,“我知道你是谁。”

“你当然知道我,”他说。“我们早就彼此认识了。”

我只得作罢。我仰面望向天空,看见一群鸟,硕大如鹰,有几十只之众。

“上帝,它们真漂亮,我简直不敢相信以前居然没有注意到它们。”我说。

“它们一直在那儿。你只需睁开眼看着它们就行了。”他说。我们坐在车里,看着鸟。

几天后,我拜访了海伦,她一直是我的治疗专家,我把这个梦告诉了她。

“整个星期,我从这个梦里获得了宁静。这种美我无法用言语来形容。”我说。

“你是一个人类学家,”海伦说。“在美国土著文化中,你了解哪些有关巨大的鹰状鸟群的知识?”海伦说。

“一点都不了解。”我说。

“那去查一下。”她说。

我在网络上查找印第安文化的信息,发现一张雷鸟的照片。那正是我在梦里见过的鸟,我只是不知道它的名字。这一虚构的动物身形比鹰庞大,雷鸟代表天空和大地的连结。事实上,每一种文化,无论是现代的还是远古的,都有一种具备神奇能力的鸟飞过两个世界的边界，轻松自如地来回往复。它们是神的使者，有时是威猛的勇士，足堪支配雷电霹雳。远古的美索不达米亚有一种鸟。欧洲文化中有狮身鹫首的怪兽和不死鸟，亚洲的部分地区，这种鸟叫揭路荼(印度神话中鹰头人身的金翅鸟，印度尼西亚的国徽图案)。

现在，为什么以上帝的名义让我做了这个梦？我想。最好的解释是，哪怕是在揭晓这个梦的意义之前，我的心灵也得到了安慰。当然，现在我相信那个印第安人是对的。这一鸟群永远在那儿。只有仰望才能看到。

# 来了又去了

## *Arrivals and Departures*

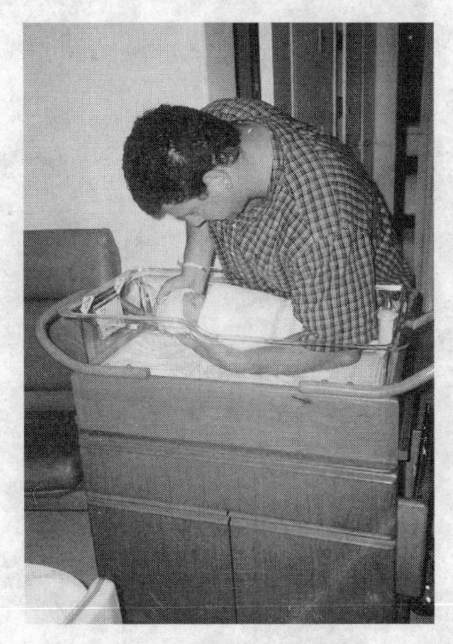

终于来了！杰瑞米和艾米，赛奈山医院，纽约2001年6月18日

亲爱的艾米：

我们走进麦迪逊八十五号的住地，这才发现到了家，作别松巴哇岛，作别发情的猴子，也作别那儿的一切。我们自世界的那边一路飞回，分享着大约六百五十平方英尺地域的特权。屋子里放着一张床，一张折叠沙发，几张小桌子，正巧是我们想要的。这些家具在曼哈顿相对昂贵的邻近地也有，但有一个事实没变：挂在我们公寓里主要居住区的惟一可供选择的物品只不过挂在昂贵屋子的盥洗室里。

在强制性婚前咨询期间，我们与里维兰德·扬探讨过这一问题。

"你们生气的时候会做什么？"他问我们。

"不做什么。"我说。

"什么也不做。"耶利米说。

"噢，你们上回吵架是什么时候？"

"你是指，上次我掏她的五脏六腑？"杰瑞米说。

里维兰德·扬看上去像被人劈头盖脑地砸了块铁砖。

"开玩笑，"杰瑞米说。"我在开玩笑。"

“噢。”好心的里维兰德发出一阵不安的大笑。

“知道吗，所有的已婚夫妇都会打架。小事打，大事也打。要是你不得不撞门出走，你会上哪儿？”里维兰德说。

“我们撞不了门。就一间房。”我说。

“好吧，那么，你会躲到车里吗？开一会车？”

“我们没车。”耶利米说。

我们说的都是事实。不光是我们挤在这块仅够容膝之地，越来越多的朋友，像莎丽或安娜也和我们挤在一块，睡的那张折叠床，距我们的床沿只有十八英尺，像是睡在同一张床上。尽管待在这狭窄的住处，你爸爸和我自始至终相亲相爱，出乎意料的是，我们很快就觉得像一双旧鞋子，左脚配右脚，谁都离不开谁。我们没有真刀实枪地打过架，偶尔怒目相向罢了。只要杰瑞米眼睛一鼓，我就叫他海因里希。他则讥讽我为生气的莫娜。这段典故得追溯至高中时代，那时我们发现海因里希和莫娜是一对残疾夫妇。海因里希，专横的 A 类父亲形象，莫娜也是个让人不快的吃人伴侣。海因里希的人格不时地出现在交通中，比如我们向奥帕和奥玛借车，去阿迪容达克斯野营，我们在夏天常干这事。耶利米遇到难缠的人上来拦截他时，他会紧张兮兮的，像原始人那样驾车狂奔，并向他们伸出中指，以示轻蔑。

“好了，海因里希，喘口气吧。”我说。

一次，这事居然发生在我爸爸开车带着我俩外出的时候。

“干这事是不是让你感觉不错?”我爸爸问他。

“的确如此。”杰瑞米—海因里希说。

我呢,在打包或计划时,莫娜的个性会占主导,这时,我的语速加快、心烦意乱,像是电闸失灵,那些不成形的句子从脑子里四散蹦出。

“放松点,在那儿,莫娜。”杰瑞米心平气和地说,好像杰瑞米海因里希从来没有存在过。

结婚了,你这才发现自己的生活和另一个人完完全全地捆在一起。高中时代,在零敲碎打的恋爱时光中,你根本就难以察觉对方的细节。在婚姻中,一些伴侣得应付一连串发生在他们爱人身上的粗鲁无礼而又令人惊讶的事:出汗、打鼾、找不着剪脚趾甲的刀、蹩脚的木工活、找别的女人调情,又不时醉酒,丈夫的这些毛病你都遇到过吗?我从未感到中了我丈夫坏习惯的埋伏。栖居在曼哈顿的小巢里,我们时时都能让对方不悦,但恰恰相反,高中时代洋溢着的恋情再次重现了。当然,耶利米和我只有五年的婚龄,在微型屋中度过的四年是我们最快乐的时光,杰瑞米—海因里希和利兹—莫娜的嘴脸是极少出现的。

我们经常外出。中央公园就隔了两条街。我们沿着水库一起跑步,他跑一步,我跑两步。在我一生中,我一直都想要一条哈巴狗，于是我带他去哈巴狗山，那是公园里的一块弹丸之地，近爱莉丝漫游仙境的雕像，所有的哈巴狗都上那儿蹓跶。他爱上了哈巴狗，如我所料。

“大狗小身材。”他说。

我们买了玛克辛，带她去哈巴狗山。耶利米养成给玛克辛带一口袋饼干的习惯，让她边走边吃。万圣节时，我把她打扮成女牛仔，他也不尴尬。“给她戴上帽子，她看上去真迷人。”他说。我们让她一路小跑地经过大都会艺术博物馆，或者时不时的，我们会在他们的屋顶楼板上喝点什么。此外，我们不常光顾酒吧，也不常开伙。杰瑞米喜欢中国食物和牛排。我喜欢意大利面。这些在廉价餐馆中都有，由于两人都在工作，几乎每晚都在外面吃饭。我们会租一部影片，依偎在沙发上看。我们完全可以按这种方式生活得更久些，但是我们想要一个孩子。

婚后的几年里，你父亲换了许多份工作。他离开了穆齐——一家向音乐商店销售电脑处理查询台的公司，加入了E-沃克斯，销售软件，五个月后，他辞去E-沃克斯的工作，去马格纳销售硬件，四个月后遭解雇。他很快在吉加找到一份双倍薪水的工作，这家剑桥公司规模较大，以计算机技术咨询为主业。比吉加的规模更重要的事是，他们允许他在家里上班。

可杰瑞米仍担心被当作一只漂泊无定的鸟，从一个地方挪到另一个地方。

“伟大的履历,”他不无悲哀地对我爸爸说。“三周在这儿,两周在那儿——”

“首先,你还年轻,其次,你是为了正确的原因在更换工作,”外公说。“所以,不要为此担心。”

我想耶利米对外公的话心存疑虑是对的,不过他想从尊敬的人那儿听到这话。他想要赚更多的钱,但是还想要更多的其他东西。他对公司的决策缓慢感到沮丧,备感无聊,希冀更大的挑战。他也想有些时间去滑雪或是冲浪,放纵一下肉体,那是他生命中重要的一部分。总之,他想要时间和我在一起。

回到大学之后,我才知道,他和荣·扎可夫斯基曾经讨论过取得成功正反两方面的方式。

“如果为了成功,你不能做自己喜欢的事,或者不能与你生命中重要的人在一起——我是指,简直是一派胡言,”他曾说。“人们死脑筋的都这样想。胡说八道。”

耶利米知道他想要什么样的工作,当然不是以飞机为家或是在旅馆睡觉,绷紧肌肉,回答电话那头某个小独裁者的问话。你爸爸不能忍受他人的摆布。对他而言,自己的命运自己掌握,否则另换一个游戏。

他自信找到了他想要的,也证明他是对的。他每次面试都能得到工作。他在事业中的表现的确出色。可他的身体开始出卖他。滑雪时,他摔得很惨,扭了脖子,咬牙忍痛几个月。事实上,这一事故相对而言还算轻的,他的头和颈在这些年的摔跤和柔道比赛中受过许多重创。左肩、胸部和手臂的肌肉萎缩,肩膀麻木。一天,他站在镜子跟前,我站在他身后,两人都吓了一跳。他的左胸肌萎缩得只有右边的一半大。他彻夜辗转反侧,无法入睡。直到我给他下最后通牒,耶利米才去看医生。

"你要么去看医生,要么别再指望我同情你。"我说。

诊断结果发现颈部椎间盘严重突出。经过几周的穿刺,最终通过手术的方式,医生成功地让耶利米回到正常的工作状态中。虽然时不时的还有一些痛,但已经不算什么了。接下来,该我和医生过招了。

现在,我已经离开了那家小型公关公司,我从搬到纽约起就在那儿工作。我开始在曼哈顿的一所商学院教授社会科学。我始终把公关看作是临时性的工作,而教职一直吸引着我。因为我取得的是人类学的硕士学位,而非博士学位,所以想在大学工作,选择没那么多,一旦我决定开始教学,我立即接受了所能得到的第一份工作。

我教的商学院不是哈佛。我的许多学生,英语如果不是第二语言,大部分也不是他们的第一语言。如果不是为了证券公司、银行、律师事务所实习生的职位,大部分人是不会来学院的，这个职位也帮助他们支付学费。我被分配每学期上四门社会科学的课，像地理和世界文化。第一天，学生们看到我那么年轻，都有些惊讶。我在面对这些窃窃私语时毫不怯场。有时，他们对待作业的态度像小孩子一样，我也毫不分心，那些理由太愚蠢了。而一些理由更加愚蠢：我没法做作业，因为我是单身妈妈，没有保姆。我的男友想要偷走孩子。我教的班级是纽约城的工人阶级，由你可能在邻居中见到的任何一个人组成——霍华德海滩的印度孩子，东部低地的乌克兰人，来自华盛顿高地的哥伦比亚人，以及来自弗莱特布什的尼日利亚人和非裔美国人。

"我在科尔比读书时，种族和种族划分课上的学生全是白人，"我在一天课后告诉耶利米。"现在，我在教种族和种族划分，班上看起来像个联合国。"

我做教师的收入和耶利米做一名成功销售员的收入，还不能让我们过得宽裕，住在曼哈顿，钱在指缝间流过——我们不在乎在野营、滑雪和一切喜爱的事情上花钱。然而我们从耶利米在事业阶梯上的步步上行可以看出他有能力来支撑一个家庭。自科罗拉多之行后，我们曾经谈论过要个孩子。名字早在几年前，还没怀孕时就取好了。女孩叫爱默生，取耶利米喜爱的作家之名。男孩叫洛根，取耶利米中间的名。我们从不讨论是否要个孩子。自我们厮守之日起，我就希望与杰瑞米要个孩子，我知道，他也是这样想的。

只是什么时候要尚未决定。

我们还住在狗窝大小的公寓中时，于1999年便试着想要个孩子。起先，所有的显示都是积极的。我们与莎丽、吉米以及其他朋友在加拿大落基山度假时，第一个孩子来临了。在一天的高空滑雪之后——说到挥霍金钱——这是一种最佳的挥霍方式。一架直升机把你带到山顶，你从那儿一跃而下。你的头顶之上，除了空气别无他物，这意味着你拥有无与伦比的力量，雪像冰糖一样，你从上面一滑而过。高空滑雪每分钱都花的值得，太过瘾了。

当晚，我做了一次怀孕测试。莎丽敲门进来时，发现我们像罪犯一样傻笑。

"你们俩在这干什么？你们在干傻事，是吗？"

"看这个。"我举起略呈蓝色的试纸。屋内一片尖叫声。怀孕的初期征兆，谁能断定呢？

七周零一天后，我开始出血，这并非不正常现象，一些怀孕会有流血。像往常那样，我去医生那儿就诊，诊所距我们的公寓隔两扇门。我一直喜欢这个医生，因为她与我同龄，也正是这个原因，杰瑞米不喜欢她。太没经验了，他这样认为。常规抽血检查。我回家等结果，下周一，我回去拿结果，听医生建议，他们抽了更多的血并让我周三回去再做一次血液检查。周三，他们进行超声波检查，没看见孩子。但他们说还不确定，有可能是胎位不正，为了确认——如果是胎位不正，为了避免引发输卵管破裂——他们希望我去急诊室注射氨甲叶酸，一种剧毒的化疗药物，进行流产。

你父亲当时在波士顿。医生的医嘱听起来像是马上就得做。我给耶利米打电话，他说等到实在不行了再这样做，但在注射前，一定要等他回来。他保证会赶来。接着我给戴安娜·多宾在第七大道二十九街的办公室打电话。

“我得去急诊室注射有毒物质。想来陪我吗?”我说。

“什么?”

我解释说，我已经保不住或是打算放弃这个孩子了，我不敢在医院独自面对。

“当然，我会来的。”她说。

戴安娜从办公室出来，太好了——公司是她家开的，所以没有多大关系。我们坐在曼哈顿东部的伦诺克斯山急诊室里。我告诉她，耶利米是如何通过电话陪伴我的。“告诉戴安娜，别离开你，直到我赶到。”他这话说了有五次。

“是啊，像是我曾经离开过你，”她说。“像是我要在急诊室里把你带走。”

我忍不住笑话他。戴安娜和我交谈着，医生扎了几针，这时耶利米大步流星地从门口走来，他从机场直接打了一辆出租车直奔急诊室。注射后，我的胃很难受，他便扶着我。在出租车上，我们两人相互依偎。令我们震惊的也许不仅仅是失去孩子——毕竟那只是怀孕的早期——而是我经历的恐怖过程。当然,我们知道这是游戏的早期,几天以后,我们便说服了自己,任何人都会碰到这种事。

"下次不要从直升机上跳出来了。"耶利米说。

我决定换一位新医生,K医生,也是一位女士,她看了所有的记录后,认为那不是胎位异常——这意味着我那一针挨得莫名其妙。她让我们等三个月,然后再试。我们对此很高兴,几乎等不到三个月。再一次,我怀孕了。七周零一天后,我开始流血。我又做了一次超声波。没有孩子。

K医生来打消我们的疑虑。

"你没有任何危险的因素。你既不吸烟也不喝酒。你的身形不错。你是位身体健康的29岁妇女。你只不过运气不佳。"

她再一次建议我们等几个月,然后试试看。同时,她希望我多试几次。

我们决定慢慢来,做几次测试,尽量不为那些烦人的形式焦虑。此外,我们还想找一间房子,搬出纽约,打算找到房子后再继续孩子的制造。1999年夏天,耶利米正巧在赴新泽西西北角商务会议的途中停留,看见房产杂志上的一则广告,介绍湖区房产。这个湖是在拉玛波山中的绿林湖,我们注意到,这幢坐落在山中的屋子距纽约边界仅几百码,我们确信找到了一所可以度过余生的屋子。我们一直想住在湖边。这幢屋子通风而开阔,棕色的原木外型,有一个壁炉和一个开放式的门廊。房产中介公司把我们带到那儿，我们在门廊前坐了有两个小时，谈论着我们有多么喜欢它，准备想办法筹钱把它买下来。

杰瑞米负责谈判，前前后后延续了几个月，我主要的贡献则是担心会节外生枝。晚秋时节，这幢房子终于到手了。我辞去工作，两人用了好几个周末粉刷屋子、扯掉地毯。我们睡在铺在地上的空气垫上，但这是我们的屋子，我们得意洋洋。我们在圣诞节前入住，就在我们搬入后没多久，我发现我第三次怀孕了。

每件事情似乎都完成了。我已经做过几次 K 医生建议的额外测试，其中一些结果不尽如人意。医生用长长的针取出组织来检查。更多的血样分析。杰瑞米参加了每一次约见，每次检测都显示正常。新一次的怀孕看上去确凿无疑，一切正常。似乎我们终于回归到了自己的路上，但对我而言，不对过去的每一天做标记是不可能的，我每一天都在思量，请让我过了七周吧。然而，像时钟那样，七周零一天时，我又出血了，我们知道孩子又没保住。

再次流产。两次，可能是不可避免的自然界捉弄。三次则像是活在诅咒中，一系列的死亡取代了一次诞生。面对这一连串的失望，你不可能不问自己，我被摧毁了吗？我能被重新修复吗？也许这是我的错？医生像我们一样迷惑不解。K 医生除了已经做过的那些事，想做更多的测试。

但我表现正常。正常的血液。正常的荷尔蒙。正常的女孩。

我在书中和有关的生育网站上苦苦寻找答案。一位朋友推荐了S医生，他采用的是一种完全不同的治疗方法，显然获得了成功，让我朋友的妻子怀上孩子，同时也让许多曾经几次流产的妇女怀上了孩子，没有心存侥幸，采用像K医生为什么不再试一次的方法。一天，耶利米和我坐下来，与K医生做了一次深入的谈话，她最后的立场在于她认为我没有任何问题。她不相信S医生的理论，S医生认为免疫系统的问题会导致不断流产。K医生认为我们不应该做免疫学方面的测试。

"那不是我治疗的方式。"她说。

她建议我们再试一次。

"必须找出个原因，为什么我每次一到七周就会流产，"我说。"难道我得用，比如，五次流产来证明吗？"

"我认为我们该结束了。"杰瑞米说。

"你们俩简直成了医生跳蚤。"K医生说。

"我们会成为什么？"我说。

"医生跳蚤。因为你们从一个医生跳到另一个医生。你们是那种成为医生跳蚤的病人。"

我简直不知道该说什么才好，只是想，多麻烦，成为一个有众多医生跳蚤的病人。

“我们接着在医生之间跳来跳去吧。”出门时，耶利米说。

2000年夏天，我终于去看了S医生。一位头发斑白，六十多岁的男子走进检查室。他的笑容亲切，面色红润，一口南美口音。他研究我的检测图表。

“我知道你出了什么问题，”他说。“我要做两项测试。这将证实我的诊断。”

接着他拥抱了我。

“别担心。你们很快会有一个孩子的。”S医生说。

我们兴奋了好几天。由于不再担心，我们俩都做了特别的血液测试，结果正如S医生所料，证明了两种可能相关的问题。一个是同分异构的免疫紊乱。杰瑞米的基因物质与我的非常相像，导致我的系统不能制造抑制性抗体，反而去攻击他的DNA。所以，八月，我们得一块儿去费城医院，一早，医生就从杰瑞米的血液中提取白细胞，当天下午分六针给我注射，扎在前臂上的免疫针像给蜜蜂蜇过一样。很快，大大的红色肿块隆起，约两个月后才消退。肿块表明我对丈夫的免疫成功了。

第二项测试揭示我有一种叫作抗磷脂的抗体，导致过量的血栓，并且时不时的与免疫紊乱齐头并进。这就是说，如果再次怀孕，我得每天在腹部注射两针血液稀释针剂。杰瑞米曾经给他患糖尿病的弟弟贾里德注射过胰岛素，贾里德曾让他练过手，他在橘子上练习，就像几年前为贾里德进行胰岛素注射时一样。同时，我开始去看一位临床医学家，海伦。海伦试图让我找到一些方式，让整个怀孩子的项目从接管我的生活开始。

“我知道这一切看上去的确不妙，但终有一天会对你产生意义。这个为什么发生有一个原因。”她说。我记得在这一时刻，这种所谓让人放心的话听上去空洞无物。

秋天，在众多医学窍门、技术、倔强，以及主要是S医生的帮助下，我们开始再一次相信，我们将会有一个孩子。十月末的一个周六，我从城里回来，杰瑞米叫我去楼上的卧室。

“嘿，你最终还是油漆了吗?”我们上楼的时候我说。

我打开房门，发现我的朋友安娜·桑·胡安像只展翅的鹰趴在我的床上，如同人类的祭品。在屡遭医学挫折之后，为了让我开心，杰瑞米偷偷地让她从科罗拉多飞来，在我开车外出时，把她藏在楼上。我们三人拥抱在一起，转着圈地跳舞。

那个周末，我第四次怀孕。

当然，有了前几次的经验，毫不奇怪，我的怀孕并不简单。杰瑞米注射血液稀释针剂，直到一月，他不得不去加利福尼亚出差，那时，他教我整个注射过程，以便我自己处理。怀孕的九个月里，我大部分时间卧床不起。杰瑞米想不明白，为什么怀孕对我的影响如此之大。

“我什么都不想也比别人让我躺在床上要好。”他说。他给我装了电脑拼字游戏，我一天可以玩200个拼字游戏。如果我想吃冰淇淋，他就去买，如果我忘了叮嘱他，买错了牌子，他会出去另买一个。现在，耶利米已经离开吉加，加入一家网络管理公司，而这家公司可以让他在家干活，所以，一旦我需要他，他就在那儿。作为一名怀孕的废人，我无可抱怨。

早先，我去看医生。我把自己的症状逐一罗列，杰瑞米说他也有同样的症状：恶心、肿胀、疲惫。

“那是模拟分娩。这是一种综合症。你可以在一些与妻子非常亲近的丈夫中发现。”医生说。

“你的意思是，我也怀孕啦？”他说。

他开始给我拍录像。他准备给你集成一个节目，叫“母难带”，展示我无所事事时的呻吟、呕吐。“等她十几岁，开始无法无天的时候，我们给她放这个，说，‘这就是我们为了把你带到这个世界上来所做的，孩子。’”他说。

我属于高危病人，在头三个月里，每周都得去看S医生，事情越来越让人兴奋了，我们真的会拥有一个孩子。我把你看作一个怀孕的囊，一个如米粒般大小的东西。接着，我们把你当作一个孱弱无力、四处游动的小蝌蚪，后来听到了你的心跳，这一切都是通过超声波。有一次常规检查，结果显示我患唐氏综合症的几率很大，我担心了足足两周，直到另一次测试排除了这种可能性。（杰瑞米并不担心——或是不让这种担心表露出来）我们向自己保证，让孩子的性别成为一个谜，但我认为，医学专家欠我一些让人高兴的消息，所以我还是问了。

“你会生个女孩。”S医生说。

我承认，我一直想要个女孩。当然，前一天晚上我做了个梦，发现是个男孩，于是我拿了一块橡皮，轻而易举地把男性器官给擦掉了。也许我该把这件事写进杰瑞米给我买的杂志中——那是，当我知道你是个女孩时。杰瑞米给我买了一个漂亮的皮面日记本，希望在这漫长的等待中，能分散我的注意力。但我害怕有不祥之物，所以不愿写，这次怀孕看来肯定要有结果了。接着我们决定合作，试图把我们的想法收集起来，写成一系列给“爱默生的信”，展示你即将到来的形象令我们产生怎样的敬畏。但每一件事都那么复杂，我们抽不出时间来做这件事。直到大约你出生前的一周，我抽出杂志，说，“亲爱的，我们该给爱默生写信了。”但你爸爸忙于做其他的事，所以我们还是错过了机会。现在，当然，我是那么希望有那第一封信，与你父亲一起合写的第一封信。

你的诞生意义特别，经过两年失败的尝试后，我们才怀上你。也许，我们期盼得太多了，希望最后能够尘埃落定，平平安安的，可是天不遂人愿。在第三十六周时，医生诊断，你已经不能正常的发育，必须引产。2001 年周日晚上，我们去了赛奈山医院，那天正好是父亲节。一位面部神经抽搐的年轻人走进屋子，给我进行麻醉，杰瑞米马上质问他，他做过多少次麻醉？什么时候开始的？总之他有多大？杰瑞米提醒这是他的妻子，必须多加小心，在他注射的时候，在一旁监督他。

"上帝，你就扎进来吧。"我说。

生产的一刻很快就来了，尽管医生矢口否认不会那么快，这是我的头胎，孩子不可能立刻降生，得要几个小时。这话说完还没几分钟，当医生再次跑回屋子时，你扑的一声出来了，小悠悠的，比计划提前了好久。杰瑞米睁大了眼盯着，像是一块小小的七巧板的头呈现出雏形。接下来的事情他知道，你转转头，用双眼盯着他。哇哇啼哭。从那一刻起，一直到我们离开医院，他的眼睛就没离开过你。当他们把你带到婴儿室时，他坚持一起去，在那儿，他们把你擦拭干净，给你打针。不知何故，他担心别人会把你和其他的孩子混淆。此时，我正在呻吟，"回到我的床边，我需要药，需要一些东西。"

那一整天，耶利米看上去容光焕发，飘飘欲仙，或者应该说是我们俩。

"看看她，"当莎丽步入我们所在医院的病房时，他对她说。"看看我们创造了什么。"

和耶利米的热情洋溢相比，我显得有些僵硬呆板。像所有的新生儿母亲那样，我越来越认识到，我对照顾孩子一无所知，不禁有些畏缩。特别是照顾这样一个弱小的孩子，只有四磅重，这个早熟的小生命身形和一只猫一般大小，蜷缩在毯子下面。不同的哺乳专家涌入我们的医院病房，确保我的奶顺畅，用某种办法来喂你，这让我感到更加不安，因为你早一个月出生，还没建立吮吸反射，不能用母乳喂养。

然而，杰瑞米已经是个地地道道的内行，镇定自若。当他的小妹妹乔安娜还是个婴儿时，他曾照顾过她。他知道怎么抱你，如何换尿布，又该怎样哄你。他知道每一件事，而我却什么都不懂。他教我做妈妈。他接管了你。

很快，耶利米建议采用一个小导管，把它绑在小手指上。他把软管放入你的嘴里，用注射器把牛奶打进去。我们把你带回家，你需要不停的照顾，包括每小时喂一次奶，所以我们制定了一个常规流程，晚上九点至凌晨二点或三点，我睡觉，此时由杰瑞米照顾你，然后我来轮班。我醒来时，会发现他正躺在红色的大沙发上，让你坐在他的一只巨掌中，吮吸他的小手指。

"难道不让人惊讶吗?"他说。

你得了黄疸，我们不得不把你带到地方医院做血液测试。他们在你脚上扎了一针，你疼得尖叫起来。我受不了了。冲进盥洗室把手放在耳朵上。我出来的时候，杰瑞米正在轻轻抱着你，坐在检验桌的一边，一只手放在你的嘴里，尽管你的脚抽血后有斑斑点点的紫色，你看上去像是什么都没发生。

在开车回家的路上，我问他是怎么忍住的。

“当然，我爱她，我会做什么呢？我得让她安静下来。”

尽管他从没责怪过我失却勇气，但看着他，我明白，我可以把恐惧抛在一边。这就是我为什么戏称他为“奶指老爸”，尽管我们第一次把你从医院抱回家，但好像他既当爹又当妈。我们躺在床上时，你睡在他的胸前，因为你不喜欢摇篮，而他也习惯这样了。有天晚上，我醒来时，发现他似梦似睡，东倒西歪地在空中挥动着枕头，喊着，“这是什么？这是什么？”

“是枕头。”我说。

“天哪。宝宝哪去啦？宝宝哪去啦？”他说。

“她就在那儿。”我说，指着摇篮，我们把你放在那里面，让你习惯那里的环境。

我用了几分钟才让他安静下来。他显然怀念把你搂在怀里的感觉，他做了个噩梦，在睡觉时翻了个身，把你压扁了。

只要有一天见不着你，他就会心神不宁。他下班回来的时候总是乐乐呵呵的，因为现在，他又可以给你喂饭了，抱着你四处蹓跶，给你换衣服，这一过程他要花上半个小时，他不停地跟你说话，确信你能明白他的话。

六月，他去加利福尼亚出差四天。回来时，他发誓，要找一份不用飞往西海岸的工作，因为那么多的时间都用在旅行中，他觉得这几天不在家中，你又发生变化了。

几乎整个八月，他都和我们在一起。有时，我不得不命令他去那间小小的办公室里干他的事去，那间办公室是他租的，离家有一英里半。每个周末，家里都有客人来访，特别是像戴安娜·多宾和他的儿子们，杰克和凯莱布，或者是耶利米的姐姐詹妮弗和他的儿子们。杰瑞米会带着小家伙们一起去乘坐他新买的高速游艇，在绿林湖上飞速行驶，达到他们所能承受的极限。拥有一间湖畔的房子和一艘船，对杰瑞米来说，梦想成真了。他喜欢这个点子：做个快乐叔叔，让所有的孩子都盼着来找他，而且他也希望你像其他孩子那样总想着来找你。因为，在许多方面，他自己就是个大孩子，他会外出买一艘最大的船，买一台最大的电视机，想让每一样东西都更响更快。这一想法在他心中达到高潮时，结果便是他开回一辆巨大的黑色敞篷小型载货卡车，这玩意儿比它应有的尺寸大上三倍。

“你可真是个高消费的乡下人。”他驾车而归时，我嘲弄他。

“这辆车就是我。”他反驳道。

八月二十九日，我们去看我生病的外婆时，开的是我的那辆更为舒适的吉普车，她住在纽波特，罗德岛。我住的离我的外婆很近，在杰瑞米上高中时，她就认识他，把他看作自己的外孙。耶利米尽管现在很忙，但仍抽出空来。我的外婆病情很重，可依然保持清醒，对你微笑，与我们交谈。之后，我们饱餐了一顿肥美的龙虾，外出逛了一会儿。耶利米觉得纽波特很漂亮，秋天找个时候还应该再来一次。当天，我们开车回家，晚些时候，我的外婆在睡梦中平静地去世了。她曾经为我的怀孕忧心忡忡，冥冥中，她像是专为等到你的出生才安心离世的。

下一周的周末是劳动节。我们的结婚周年纪念是在八月底，杰瑞米的生日是九月三日。我们决定开个一举多得的派对，一次性的庆典，因为派对结束当天，我们就得开车回到纽波特参加外婆的葬礼。我们决定把它办成盛大的派对，邀请五十位朋友和亲友参加。这个场面非常宏大。杰瑞米出现在众人面前时，身着绿色的灯笼服。烧烤近乎变成一场异常昂贵的油脂篝火，大块的牛排从火堆中被抢救出来，匆忙搬到安全的地方。你登场了，身穿白色的棉制外衣，上面有几只小鸭子的图案。这次派对与以前的一般无二，只是现在多了婴儿监视器。

那天晚上，我们几乎没睡，于黎明前动身，参加葬礼。

葬礼后，我们在纽波特住了一夜。我们从康涅狄格的州际九十五公路上开回家，我说，“你知道，我们从没有真正讨论过死亡。你考虑过去世时想要什么吗？”

“好吧，我可不想要那么大的、悲悲切切的悼念仪式。我只想要个安静点的。”杰瑞米说。

他想了一会。

“我不想被埋在地底下。”他最后说。

“那你想让我把你放在哪，难道是一座大型的陵墓不成？”我哈哈大笑。

“不，”他说。“我说不清。只是不想埋在那儿。”

这是一场奇怪的对话。他好像没那种特别的火葬愿望。他看上去也不像想得出说些什么的样子。准确的说，我不知道期望的是什么，也许是一个简单的葬礼选择的真实描述，但不知何故，这一对话并没有像我期望中的那样继续下去。我们换了话题，甚至没有谈到我对葬礼的看法。

那一周，我们都在外面度过。杰瑞米下班回来时，我已经很累了，但他会说，“起床。出去走走。”每天晚上，我们都会去林伍德植物园，那里离家几英里，或者是在小路上做一番小小的远足。耶利米谈到，准备在第二年夏天带你去野营。“那时她长大了，”他说。“我们带她去惊异湖。”那儿有一座山俯瞰着湖，一条小路径直通向湖畔，我们尤其喜欢在那儿远足。在山顶，杰瑞米指着远处的薄雾，那儿，你可以看见一个四四方方的模糊形状，那可能是曼哈顿的地平线，说，“那就是世贸中心。”我相信他说的，但是那个实在是模糊不清，所以我不认为我们的任何一个朋友相信那就是。

那个周六，九月八日，我得去曼哈顿商学院接受培训，我的工作职责是专门通过网络教授社会科学，对全职母亲来说，这份工作简直太好了。我有一点点的兴奋，因为我第一次离开你，回到生你之前曾经从事的事业中去，那是专属于我的。耶利米在家里陪伴你。我穿上一件背心裙，在我离开前，他扫了我一眼，说，“你真热。”我咧嘴一笑，这才意识到，我终于穿上了怀孕前的服装，这可不是一句空头赞扬啊。

我驱车至曼哈顿，在时代广场的红灯前用手机给他打电话。

“艾米在摇篮里玩。听听。”他说。你正在咯咯笑。

突然，毫无理由的，我感到害怕，觉得有些事不对劲。我想，天哪，一枚炸弹可能会立即爆炸。就在时代广场。我不想就交待在这里了，在城市中央。我很不舒服，这很奇怪，因为此前在曼哈顿，我从没感到如此不安。我以最快的速度结束了培训，开车回家。

奥玛和奥帕双双陪着，当然还有杰瑞米，我回家的时候，每个人都是快快乐乐的。奥帕、奥玛走后，我们看了场电影，我看到，你现在已经十一周大了，开始好带了。我的身体恢复得也不错。你开始整晚睡觉。杰瑞米因感到他所在的网络服务公司待他不好，开始外出面试，效果不错。一份工作薪水很高，达六位数，但要不时出差。在另一家公司，他可以继续安排自己的时间。电影结束后，他告诉我，他相信两家公司都会要他的。

"你知道，如果你同意，我想要那份钱少一点儿的工作，因为我想和你还有爱默生在一起。我的意思是，我们对现在我赚的钱都感到满意了。"他说。

我同意。我们过得确实不错。我们有了想要的一切，而不是几件奢侈品。我为他骄傲。他做出正确的决定，完全靠自己。

9月9日周日是个阴雨天，但好心情仍然持续着。我可以感到每件事都向我们走来，我们和你躺在屋子里，不接电话。我在中午带着数码相机跳进客厅，发现耶利米正伸展在沙发上，把你放在胸前，玛克辛，我们最先养的哈巴狗，正趴在他的腿上，埃洛伊丝，我们新买的哈巴狗，正匍匐在他的脚边。

"拍照，拍照。"他说。

"耶利米，你知道我拍了多少张你和宝宝还有两条狗这样躺着的姿势吗？"但我还是拍了几张。我们谈了谈几周以后如何回纽波特，今年我如何去滑雪，去年冬天因为怀孕而没有去成。我们谈着、笑着、看着你，然后早早地睡了。

第二天,9 月 10 日,杰瑞米很忙。他在纽沃克有一场面试,随后他将飞往加利福尼亚出差,这次出差他非常不想去。我们在前一周为这事谈了很久,公司正在解雇员工,他相信迟早会在他的头上动刀,与其这样,为什么还要让他出差呢?但我怀疑他们不会开掉他,他为他们做出了很大的贡献。我告诉他还是去吧。我会把你带到温德姆,等他回来的时候,可以在那儿见到我们。

那天早上,他特别想照顾你,他给你喂了奶,洗了澡,穿好衣服。有些原因我再也记不起来了,我们交换各自的交通工具。他开着我的车去了纽沃克。他把行李打包,装进两辆车里,把你的汽车座位从吉普车中取出,装进他的小货车,把你放在里面,亲了亲你。我们开走时,他站在屋子前的街道上,向我们挥手。

开往温德姆的路很不舒服。天很热,你哇哇大哭,我想上厕所,但仔细一想,又不能停下来,我该怎样拖着个孩子,又带着两条哈巴狗去盥洗室呢?我也没法想像,在那么热的天把任何人留在卡车里。这太愚蠢了,我想。那些单身母亲可怎么办呢?我到温德姆时,杰瑞米打来电话,兴奋极了,因为他的面试顺利通过。四十五分钟后,他又打来电话,有些恼火,因为他从纽沃克机场起飞,前往旧金山的航班由于纽沃克机场失火而取消了。

他不想乘坐下一个航班在凌晨两点赶到加利福尼亚。

“算了吧，”他说。“我想回家，好好睡一觉，早上早起点。”

我也没办法，因为现在他在家里，而我在温德姆，我只想和他在一起。那天晚上，我们打了有三四次或更多的电话。你不停地哭，我抱着你，我告诉他多希望他能来，这样他可以让你安静下来了。看来，我睡不成好觉了。他打算早起，准时乘坐从纽沃克飞往旧金山的第一个航班——联航93航班。

我记得，周二早上醒来时的第一件事是考虑是否外出买咖啡。家里一点儿都没有了，我有些恼火，原以为今天早晨会有，所以昨天就没去买。但我又需要那玩意儿，像我猜想中的那样，我晚上大部分时间都和你在一起，真的很累。

我在厨房里，想着咖啡，摸索着圈饼盒的盖子，这时我听见父亲在客厅里说世界贸易中心的什么事，电视机在客厅里。我朝那儿看去，看见火势从高塔银色外壳的黑洞中穿出。你可以看见人们从窗口挥舞着衣服，却又感到那可怕的高度。接着，你看见人们在地面仰望。一位身穿蓝色制服的金发家伙挨着护理人员，护理人员旁边挨着身穿白色衬衫的人，所有的人都在仰望。

电话响了，我爸爸说，“噢，天哪，是你。”我跑进客厅。他把电话递给我。

“杰瑞米。”他说。

我看着他。

“天哪，那不是杰瑞米的飞机，是吗?”我说了两遍，如果他的飞机像鱼叉那样飞进摩天大厦，他还在电话上那听起来简直太荒唐了。我猜我说这话是因为我爸爸看上去面色惨白。

我抓紧了电话。

“耶利米。”

“嘿，听着，飞机上有几个坏人。”

“什么意思?”

“三个人占领了飞机。他们戴着红头巾。说身上携有炸弹，”他说，“我的意思是……”

我哭了，虽然没有完全失去理智，但也到了极限。

“我爱你。”他说。

“我爱你。”我说。这是对话的一部分，我不知道该如何对你讲述。最好的方式是像这样：想着某个你深爱的人。想着我。按着你想着我的方式去想念某个你深爱的人。想像着对那个人最后一次说再见。现在向他们说“我爱你”。

这就是当时的感受。

我们说我爱你有四五分钟之后，我已然置身于一个不同的地方了。似乎彼此已经连成一体。实际上，我不住地打颤、恶心，但与此同时，我清楚我可以做一些必要的事情，来帮助杰瑞米在面对未知而又险恶的对手时，下好这盘凶险的棋。

耶利米不再说我爱你。

“我想我难逃此劫了。”

“我不想死。”他说。

“他妈的。”他说。

我不确信他是否说过他妈的。“他妈的”是他在那种境遇时脑子里的状态。

我告诉他，他显得很蠢。“你不会死的。”我说。

“耶利米。”我说。

“是。”

“脑子里想着我和艾米的样子，只想好事。”我说。

“是。”他说。

“别想任何坏事。”我说。

“你必须向我保证，你会快乐起来的，”他说。“让艾米知道我有多么爱她。无论你在生活中做出什么决定，不管是什么，我都会支持你的。”

我不得不承认，这件事刚从我身边一弹而过，甚至连痕迹都还来不及留下。这一事件超乎我的常识，让我无法相信，像劫机这样可怕的事情居然会发生在我们身上，更不用说大多数都是在劫难逃的。每件事都开始变得那么美好。我们相依相守，有了孩子，还有了自己的房子。只是他在打算两种可能的结果，这并不是令人愉快的那一个。

我无话可说。

此时，显然，迪娜·伯内特告诉她的丈夫汤姆——他和杰瑞米坐得很近——有关世贸中心的事。两座塔都被撞了，但还没有一座倒塌。

“一位乘客说是飞机撞上了世贸中心。是真的吗?”

我站在睡椅旁，盯着巨大的电视屏幕。我告诉他吗?

“他们打算炸了飞机还是让它撞上什么?”他几乎是在对我吼叫。

“它们不是冲着世贸中心。”我说。

“为什么?”

“因为整幢楼都着火了。”

“你认为他们打算把飞机炸了?”

“不，我不这么看。”事实上这样说感觉好点。像是，最终，我们可以确认某些事。

我爸爸从他的车里拿来一部手机，妈妈让一位9·11人员等在线上。人们在我的面前挥起了手，我必须把从耶利米那儿得到的信息传递给9·11人员，然后再反向传送，我到厨房，拿起便携式电话，它有一根天线和一个基本部件。我把9·11人员的问题传达给耶利米，把他的回复通过母亲返回。

“你们在哪儿?”

“我们已经转向了，不再飞往加利福尼亚。我确信，一分钟以前，我们经过匹兹堡，现在，我想我们正向南飞去。”

“你看见什么啦?”

“我能看见一条河。我们正越飞越高,我想,是的,我们的确在升高,但你可以清楚地看见下面的农田。”

他说飞机上大约有三十至三十五名乘客。他说他正通过椅子背后的电话与我通话,而不是他的手机。飞机被劫持时,所有的乘客都被赶到机舱后部,他把所有的东西都留在前面了。侥幸的是,没有人在背后看守他们,所以你爸爸能以正常的音调说话,而不必窃窃私语。

像这样来来回回地传递信息对我来说无济于事。我需要帮助,但这样做没有效果,而且我没法做自己想做的事,我只想与杰瑞米说话。有那么一会儿,我实在招架不住了,我把 9·11 人员撇在一边,问我自己的问题。

“飞行员怎么样啦?有消息吗?”

“不,这些人刚才站起来,叫喊着冲进了驾驶舱。从那以后就没听到飞行员的消息。”

他没告诉我,他们刺伤了一位乘客,可能是一位空姐。他可能在保护我,尽管他知道飞行员已经死了。也许他并不知道发生的一切。耶利米一上飞机就把自己关在自己的世界中。他经常带着一副大耳机。起飞时他就戴上听音乐。他不是那种在机舱里四处张望的人。我可以想像耶利米坐在那里,半梦半醒之际被惊醒了。

“谁在驾驶飞机?”我问。

“我不知道。”他说。

那时，我们看见一架飞机撞向了五角大楼，我想，天哪，那不是杰端米的飞机吧。

我告诉你爸爸这次新的袭击。

“妈的。”他说。

五角大楼可能是转折点，它让耶利米彻底看清了他的命运，在机舱尾部，他的同机乘客的命运完全掌握在自己的手里。可选择的方案是坐等这枚飞行炸弹爆炸。

“好的，我要自己表态了，”耶利米说。“有三个家伙和我一样魁梧，我们打算制服有炸弹的那个家伙。你觉得呢？”

“他们有机枪吗？”我的脑海中浮现出劫机者的老套样子，胸前端着一挺 AK－47。

“不，我没看见枪。我看见刀了。我不知道那些人是怎么把这些东西带上飞机的。”他说。

我真的不知道该说些什么。

“我还有早餐时切黄油的刀。”他说。

我们都笑了。

“我确信我可以拿下那个有炸弹的家伙。你认为那枚炸弹是真的吗？”

“我不认为。我觉得他们在吓唬你们。”

整个期间，除了听到你爸爸的声音，我没听到电话那端传来的任何其他声音，声音清楚的就像铃声，像是他就在隔壁房间。背后究竟发生了些什么，我没有感觉。有段时间，他一定是在选"像我一样魁梧的三个家伙"，但他是否告诉过我这个，我已经想不起来了。在这间隙，双子塔中的一座已经倒塌了，我已经想不起来是否提到过这事，或甚至是知道这事了。

"好的，我准备干了。"他说。

我知道那是说得过去的惟一出路。在我的印象中，杰瑞米毫无疑问可以拿下手中持刀的家伙。

"我想你应该这样做。你很强壮，也很勇敢，我爱你。"我说。

"好的，我把电话挂了，我要离开这，等完事了，我会回来的。"耶利米说。

我把听筒递给我爸爸，冲进盥洗室，在水池中呕吐。

外公把电话放到耳边，有两三分钟没有声音。接着他听到背景里传来尖叫声。他想，他们干起来了。一定会有嘈杂声。那之后大约过了一分半钟，传来另一阵尖叫，非常模糊，他想，那声音听起来像是过山车。然后一片寂静。

十分钟后，一位接线员插话，联邦调查局想让他接听电话，因为那是仅剩的惟一一个与飞机联系的方式。外公带着电话出去，来到花园边上的石墙处。他在那里站了两个小时。然后他把电话拿回来，挂上。

我打开盥洗室的门，发现自己置身于一群医务急救人员中间，他们给我检查脉搏，让我平躺下来。显然，是我们的9·11电话把他们召集来的。我告诉他们让他们从我这里滚开。我夺过我的钱包和车钥匙，让我妈妈照看你，因为我要去找杰瑞米的飞机。

“妈，我该去哪？他会在纽沃克吗？他们会把他带到费城吗？”

“利兹，你应该待在这里。”她说。

我没有强拧着来。我想，妈妈是对的。我每个小时要喂一次奶。我真的不能离开。

我坐在客厅的睡椅上。有人把电视机关了。我的脑海中闪现出各种可能的场景。如果飞机真的失事了，他可能失去双腿。那还好。如果他的身体烧掉90％，还算幸运，我在余下的日子里会来照顾他。我用一位急救人员的电话给奥玛打电话，告诉他我所知道的事情。我试图联系上吉米和莎丽，那是我去澳大利亚旅途中认识的朋友，还有金和戴安娜·多宾，人们开始动身前往温德姆。

一位部长出现在当地的长老会教堂中，这是一位妇女。

“我听说有幸存者。”她说。

我想，好啊，机上三十多个人，杰瑞米当然应该在活着的人中间。这句话与我的想法不谋而合。这位部长冲了杯茶，开始祈祷，一个相当正式的祈祷。我的能量顷刻间离去。我坐在睡椅上，像个紧张兮兮的精神病患者，喝着茶，过了一会儿，我起身前往厨房，几乎于同向过来的外公撞个正着。他肯定是刚刚挂断电话。他在哭。他拥抱了我。

我见他在哭，有些目瞪口呆。

“等等——你认为他死了？”

他不加掩饰，越哭越凶。同样的这个问题，我肯定问了五遍。我试图想出我们此前是从哪里来的，又是如何来这里的。到底发生了什么？真相大白时——几个小时前就应该知道的——我瘫倒在地。

此后发生的事情，我想不起来了。我们的朋友在那天下午和晚上陆续来到这儿，他们都待在这间屋子里。莎丽和我睡在同一张床上。我们熄了灯躺在那儿，彼此抱着。漆黑一片，但有一些小小的亮光在我们的头顶闪动，是闪光的灰尘，像个精灵。

“你看见我看到的东西了吗？”莎丽说。

“像是金色的灰尘。”我说。

“是的。”

“是他。”我说。

“是的，我知道。”莎丽说。

我翻了个身，感觉他好像在亲吻我，从背后轻轻环搂着我的身体。

# 爸爸的声音

*Your Father's Voice*

拍照！拍照！耶利米、埃洛伊丝、艾米在绿林湖的屋子里。利兹拍的最后一张他的照片，2001年9月9日

亲爱的艾米：

我昏昏沉沉地睡去了，眩晕一片。再次睁开双眼时，那种意识强烈地涌进我的脑海——我再也见不到杰瑞米了。他没有遵守他的诺言。他永远都不会再回到电话机旁了。

那是九月十二日的清晨，那个清晨，我守候在你的摇篮边。我在一个陌生的地方醒来，只身一人，孤独深深地、深深地笼罩着我，而我又是丝丝毫毫地明白这一切细枝末节。看着你牙牙学语，那么信任我，这就是魔法，是它在推动着我。看来，海伦医生是对的。一定是有某种原因，让我们遍尝辛苦也要得到你。如果再早些，如果怀孕不是如此复杂，如果你的生命初期不是那么脆弱，我可能还不知道如何珍惜你。

但是在那天早晨，我还没有领悟到这些。我下楼时，看到满满一屋子的人，朋友、亲属，还有一些我认不出来的脸。我想坐下来想想——在我刚刚告诉你这些后，这听起来有些奇怪，但却是合情合理的——一个人好好想想。外婆好不容易骗到那幢老式的石头教堂的钥匙，杰瑞米和我在那儿举行的婚礼，离家大约七英里。我独自坐在耶利米黑色的小货车中，我想我到底在干什么，为什么去那儿会好受点儿，我也想到，自从结婚后，几乎就没自己待过。当我看见教堂棕色的花岗岩，打开粗糙的前门时，内心顿时舒展开来。一丝微弱的光线透过彩色玻璃洒向屋内。湿湿的，冷冷的。教堂很小，只有一间房，棕色的椅子代替了长凳。在这座教堂里，你无须下跪，在这座教堂里，你可以坐下。于是，我坐下了。

在这里，我和你爸爸开始了第一次对话。我哭了许久许久。然而这是一次充满乐观的交谈。我一股脑儿地倾吐心声。谢谢，我说，对每一件事都说谢谢，因为我生命中的每一件事都是美好的。总是把我放在第一位。那天早晨他给我打电话，尽管这样做很痛苦。我请求他的帮助，告诉他我不知道如果没有他我能做什么。离开的时候，我像曾经做过的那样，让你的父亲化作我心中的圣人，我个人的神，我能与之对话的小小的上帝。

我回忆着杰瑞米。回忆着我们的婚礼，在那座教堂里，我们共同站在牧师的面前，他的手汗水涔涔，一滴滴地滴落到地面，但他想嫁祸于我，说那是我的手在滴汗，想到这，我忍不住咯咯笑了。有许多像那样的傻事。你看，我准时赶回来参加我们的婚礼，我和他开玩笑说起这件事时，感到真的是经历了一次小小的时间旅行。一个人待在这个宁静而又半明半暗的氛围之中，我们的交流仿佛得到了天佑，无障无碍。幸运的是，我能拥有这份安宁，我能融入其中，倾心相诉。

在这座古老的石头教堂里，我一坐便是两个小时，祈祷、哭诉、喃喃自语，有时回旋在耳畔的仅仅是深重的呼吸声。

回到家中，我发现自己的心绪比我抛下的那些人可好多了。吉米·贝斯特无所事事，沉默不语，哭丧着脸。金·班加什亦是如此。

“我不能待在这里。我不能看到你。我也不忍心看到艾米。”金说。

我告诉他，他必须留在这里。

“杰瑞米会想要你做什么呢？”我说。“我们必须度过这场灾难，不应该把他一推了之。”

外公告诉我，他开车去垃圾场扔垃圾的时候哭了，而垃圾场的员工没有收他的垃圾费。

“我要像这样再试着多干几次。”他告诉我，接着又哭了。他看上去比我还糟糕。

当晚，朋友们在我们的前庭院子里生起了篝火，正好在山脚下。没有人知道该怎么做，所以他们做了早已做过的事情。他们吃比萨，喝了许多龙舌兰酒，直愣愣地瞪着篝火。我只在那儿待了十分钟，就起身离去了。周日，我们在温德姆举行了一次悼念仪式，要做许多安排。诸多后勤事宜我都交由别人处理了。

联邦调查局来找我们谈话，律师们哭丧着脸，不知道从什么地方冒了出来，可能是航空公司派来的，一个个鱼贯涌入这幢屋子。他们与我年龄相仿。

“你可能会感到愤怒，或者，你可以克制住自己的感情。”他们说。

“我要爆发，你们说不出任何让我感到好受的话。我不想跟你们谈。”

我拂袖而去。那帮可怜又伤心的法律顾问们。他们尽量想让我们觉得他们有用，我是惟一与他们交谈的人，而我所做的只是告诉他们白费工夫。无论如何，他们早该知道会是那样。

星期四，9月11日后的两天，我们坐在温德姆雪场宽敞的屋子里——雪山上的一间小客栈——接受《日界线》的采访，这件事由格里克一家安排。人太多了，我们只能坐在楼梯上：外公和外婆，除了约翰——他从日本打电话过来，现在他和妻子住在那儿——外的格里克全家，以及我们的许多朋友。我们在那儿待了几个小时，谈论着那天早晨所发生的事情的细节，想要理出一条线索。全都是关于谁和谁最后说话，说了些什么，以及每个人是如何发现可怕的事情的。

我对那个想法思虑已久：到底发生了什么？那些杀死我丈夫的人是谁？写到这，一段时间之后，我发现所持的观点已经发生了改变。并不是我不想知道发生了什么，然而，就像我无法坐在宾馆的房间里，向联邦调查局解释失去杰瑞米意味着什么那样，我敢保证，我永远都无法真正理解九月十一日。有人是出于某种主义向我们宣战吗？因为他们嫉妒？露一手他们有多残忍？在这个国度中，我们在某种程度上超越限度，操之过猛，触犯了古老的情感？这一切都与我无关。杰瑞米和我所了解的世界不超过我们所住的几间房屋，我们走过的几个地方，我们所爱的几位朋友和亲人。现在，一切都消逝了，没有任何原因可以解释为什么。

在失去杰瑞米的第一年里，到目前为止，我从他身上学到的——经证实是一种有价值的经历，尽管有些奇怪——领悟每一件事情：从联邦调查局探员到灵媒、朋友、老同学，访问过的城市，以及梦中你爸爸透露的秘密。

我仍然在发掘更多的事情。

2002年6月，我收到一封寄自加利福尼亚埃尔西冈多的道格拉斯私人物品管理局的一封信，该殡仪馆负责处理飞机失事的事务。信里有一套白色活页手册。手册封面上写“联航93航班无主私人物品”。

那天下午还早，我等你睡醒觉才打开信封。里面是在尚克斯维勒找到的物品的彩色照片，它们无法与某个特定的人联系在一起。我们一个一个仔细地看过去，认领属于我们爱人的物品。耶利米的婚戒还是没能找到，但有其他七十件珠宝被找到了，同时还有一大堆各式各样蜷缩成一团的东西，袜子、帽子、带子、胸罩、外套、T 恤，不能配套的袜子，以及其他在高温中幸免被焚毁的物品，有些一点儿都没损坏。接下来是钥匙、书籍、礼品卡、信件、照片、CD、钢笔、奖章，每一件物品照片的边上都有一段话描述它的生产商、尺寸等等。一些鞋子严重损毁，展示了所历经的暴行。有一截电线，一个变形的雪茄打火机，十八个指甲钳被毁得各式各样。有一些孩子的快照，大多经过仔细的重新拼合。件件都惨不忍睹，但我还是一个不拉地仔细看过了。在我鉴别属于你的物品之前，我必须把每一件物品都瞧上一会儿。令人欣慰的是，没有孩子乘坐这架飞机。

接下来的几周，你睡觉时，我都要看一会这本三环活页手册。在我们开车去温德姆之前，是我给耶利米整的行李——他讨厌整理行李——我当然知道他带了哪些东西。我仔细查看了黄褐色的裤子，但是牌子和尺寸都不一样。一些 9·11 的幸存者误领了一些衣物，比如说一只鞋。我不想要一只鞋，特别是那只我知道他可能穿着的鞋，因为我会想，啊，脚发生了什么事？

我在男士内衣的第二页发现了他的两条黑色贴身内

裤。它们都脱了色,毁坏严重,但毫无疑问,那就是他的。我放下活页手册,站起身,四下走动,直到不再反胃,才重新坐定,把工作完成。书在目录的最后部分。书很多,大多残缺不全,有些只有几页纸。《格雷的解剖学》。《最后一条河流》。地址簿。页面下方是一本美国运通公司的记事本。封面看上去像被烧过,可能也被水浸过。

"许多旅行日期,"读着照片旁边的注释。"吉米·贝斯特的号码,罗伯·克罗泽,格雷格·菲茨杰拉德等。"吉米!还有 LRC,小罗伯·克罗泽,那是我们称呼耶利米兄弟会的一位成员的昵称。格雷格是邻居。就是这个,正像灵媒所预言的:皮革包装,或留下来的是皮革。杰瑞米的记事本。

我把活页册前前后后又翻了几次,但没发现更多的东西。有一个黑色的钱包可能是杰瑞米的,但我知道每个男人都会有一个黑色的钱包。我没法认领一只袜子或是一把钥匙。内裤和记事本很快就寄到我的手中。内裤是装在袋子里寄来的,我没拆开看,把它们放在我的书桌里。记事本的封面已经损坏,大部分都呈屑粒状。耶利米曾随身携带一个电子记事本,但该死的电池把所有的数据都毁于一旦,他才改用纸本。外公外婆自我们从科罗拉多回来后,每年的圣诞节都会送给耶利米一本记事本。

"2001 美国运通公司的记事本,二十周年纪念。"页面呈焦黄色,散落下来,但是除了封面,里面还是完整的。里面有旅行照片，大体育馆的观感。“圣马特奥”，在六月划了一条对角线，横跨四天，加利福尼亚之行的证明，耶利米在那次旅行中决定更换工作。我看到一些我不认识的名字，业务往来的伙伴。“网上展示”在页边信手写着这几个字。八月，有许多与公司客户的会议。“布里斯托尔·梅耶斯。”“克雷格拨号，克劳德特，鲍勃”——一个会议电话。在一张泰国寺庙的照片旁，他心不在焉地涂写着自己的电子邮件地址。出于种种原因，九月份早期的记号都没了。会议也渐渐少了。他计划中十日的加利福尼亚之行并没有写在其中。

这些彻彻底底都是些世俗的东西，这些谋生的记录他从未告诉过我，因为他可能想——确切地说——会让我觉得烦人。不知何故，我又悲又喜地看到我们的朋友的名字和电话出现在那个熟悉的手中，或是小小的建筑涂鸦，或是漩涡状装饰的速写，或是用交叉的平行线画出的阴影O。这比一个婚戒要好，因为你可以从这些小小的事情中感受到他独特的地方。我将告诉艾米，他把戒指带走了，但给我们留下了这些。当然，我会等到你长大，能明白事理的时候再告诉你。

我把记事本放回淡黄褐色的信封中。我的手中布满了细细的褪色粉尘。这让我想起了在科罗拉多大学研究人类学时看到的非洲木乃伊的灰尘，那是在杰瑞米和我永久回返的前昔。木乃伊的灰尘，我想。

我告诉吉米·贝斯特、小罗伯·克罗泽以及格雷格·菲茨杰拉德,他们的名字是如何让我找到记事簿的,他们感到好受点。人们来到我这儿,都想看看这个本子,包括外婆、外公、金和吉米。

"好的,"我告诉吉米。"我会让你看这个的。但你必须保证你不会有什么反常的举止或是不安。因为我已经处理过了。"

他答应了。然而他还是有些反常。

"你难道不会反常吗?"他问。

"我不再按那种方式看待它了。我已经做过了处理。"

像我开头说的那样,你必须不断前行。否则你死定了。那样什么都不曾改变。

在9·11治疗小组中,一些妇女把她们的房子卖了,认为那样可能会帮助她们恢复。大多数人都对这一决定表示高兴,但有一个人说她做错了。

"搬到了新的地方,我却找不到任何一个值得回忆的东西。"这位妇女说。我没心思判断我们的成员做了些什么,但这事让我更高兴,因为我还留着我们的房子。

小组中的一些成员开始谈论新近约会的男士,很明显是在几周以前。一些人似乎有些不安,我的第一个反应这是不忠的行为。我无法想像自己外出约会。你们怎么会谈到这个呢?但是随着时间的流逝,我们的谈话开始陷入孤独的现实，我们都是女人，还有很长的一段路要走，永远保持单身的前景似乎令人畏惧。有一天，在小组中，我提出用一个新的术语来描述我们作为寡妇的状况：独自结婚的人（Single-Married Persons）。每个人都将这个词在舌尖滚了几圈，看来还挺恰当。这比寡妇听起来霉味少很多，说起寡妇这个词，人们的脑海中就会浮现出围巾、桌布和黑面纱。

在可以预见的将来，无论如何，我们的家庭单元似乎是由尤特、你和我组成的。每当我参加完“独自结婚的人”的会面，回到家中时，整个晚上，我就看着你在地毯上蹦来跳去，尖声地叫着笑着。屋子里洋溢着浓浓的孩子气的欢乐，这是强有力的抗抑郁剂。你似乎是个快乐无比的小女孩。你的眼睛在出生时是蓝色的，现在变成了淡褐色，越来越像你爸爸的眼睛。你的皮肤隐约显现出一些他特有的橄榄色。每天，你都会去游乐场玩，每周去上一次音乐课和体操课，和其他的女孩一般无二。除了没有父亲，你拥有两位母亲。除了没有丈夫和男友，我的朋友们都来扮演不同的角色。如果我需要商务建议，我给金打电话。如果是在晚间十一点半，我在床上哭泣时，我会给吉米和安娜打电话，因为他们会说，“好的，让我告诉你我们这一天是怎么过的。”那会把我的思绪从杰瑞米在飞机上的最后时刻的样子引开，这一想法灌满了我的脑袋。

但是你是我最伟大的工作，我工作的动力，把我从过去拯救出来。除了你的外形长得像你的父亲之外，还有某些快乐的意外巧合。你会说话之后，有时你会叫自己的头“开皮”，杰瑞米经常说这个犹太单词，但我从没说过。“注意她的小开皮。”他会这样说。我们会开玩笑，说你的小脑袋有多么脆弱，我们该怎样照看它。或是当我说了或做了一些惹你愤怒的事情时，你的小脸上会呈现出怎样的忧郁。当你发现某些事情正是你的兴趣所在，合乎胃口时，你会说，“太好好好了。”腔调跟你的老爸一个德性。

现在，你和我将要开始我们在一起的第二个年头——所有的假日、生日以及你爸爸的遗物。但是，你现在长大了，不仅仅是来这个世上点个名。第一次感受这一切似乎不太真实。我跳过了圣诞节，晚餐后径直上床睡觉了。今年我不能这么做，也不想这样做。我将与你一起共同经历这些事情。我们会在一个比较清醒的氛围中庆祝。记者都走了，电话铃也不再会每天响个100次。

然而有一件事，我甚至一次都没有参加过。我考虑参加一周年纪念仪式时肯定会身心俱疲。一想到仪式上有那么多的人参加，我就感到筋疲力尽。比如，在仪式前的一周，詹妮弗和贾里德·格里克将骑自行车从零广场赴五角大楼。奥玛打电话告诉我这件事。她想做这一活动的志愿者，从大篷车中分送水。她好像对这个主意并不害怕。

"我太累了。"奥玛说。

"那就对活动说不吧!"我说。我们笑了。她说乔安娜,她最小的孩子,会参加她所在的高中举办的袭击纪念仪式。

一周年的前夜,我打开新闻频道,听到他们正在谈论五角大楼,在这附近有一个巨大的标志,上面写着:让我们摇吧,下面是2002年9月11日的倒计时。我有些气不打一处来:这又不是千禧之夜!这是个悲哀的日子。需要在内心反省。找到你该干的,并为之工作。

我不打算参加任何的官方活动。我醒来后,在沐浴时大哭一场。小镇上有一条长凳,上面有杰瑞米的名字。我买了三枝太阳花——我们婚礼的花束,把它们敬献在长凳上,在那里坐了一会儿。金、格雷格、吉米和我一起去了一家汉堡和奶昔店,耶利米和我曾经是那儿的常客,吃他最爱的垃圾食品。我们回来时,我打开电视,看见格里克一家在尚克斯维勒参加纪念仪式,向布什挥手。我真高兴没去那儿。

接着吉米和我去远足。我们沿着小径来到惊异湖,耶利米和我经常在那儿共度时光,这个湖最近以他的名字命名,他曾打算让你在第一次野营时就来这儿。我们登到山顶,风越吹越猛。天气清朗,你可以轻而易举地看到曼哈顿的天际线。耶利米是对的,你可以看到双子塔。当然,现在景观改变了。我仰面躺在一块岩石上,临风伸展着我的臂膀。我们谈到杰瑞米,谈到风,我说风是所有失意者的精灵，我高声呼喊，“我们在这里！我们在这里！我们在这里！”我们凭什么不去认识能量的作用？山顶好像刮起了一阵飓风。风太大了，我们连买的午饭都没法吃。

我回想着过去的一年，回想着失去某个人的神秘，当你不再对深入思考孜孜以求的时候，它们为什么在这时候才出现。小人是如何让你四处走动的，但是他从不把事实推入正确的秩序中去，所以事件的意义也就让人心神不定了。回首往事，你却发现在脑海中一次只能保有几个回忆，就像冰块掉进了黑水中，根本看不清它们之间是如何适应的——或者说它们是否适应。

我记得是为什么，我们在落基山第一次野营时，最后时刻居然下起雨来，我们晚上在一起度过，那里的风刮得像惊异湖一样猛烈。耶利米试图在风中生篝火，我们相互之间属于自由组合，并一直保持这样。

“我想我们以前就相互了解。”他边说，边点火。

“以前？”我说。

“我没别的意思，我们能这样保持步调一致可能是有某种原因。我们太和谐了。”他说。

“可能我们看过了预演，现在开始亲身实践。”我说。

“可能我们是从最原初的同一物体上剥下来的。所以我们能自然而然地适应对方。”他说，有些心照不宣，当然，实际上，我们的基因代码相同，但这还不足以表明我们在一起有多和谐。

当你开始谈及像这样的一些事情时，置身于星空之下，包围在爱意之中——这不是随便哪个陌生人可以叙述的感觉。这一信息属我们专有，像是只有两个人才能分享的国家秘密。杰瑞米喜爱作家库尔特·冯内古特，小冯内古特创造出"两个人的国家"的概念，即当两个人深深相爱时，他们相互补足，好像他们是自己国家中仅有的臣民。你可以攻击两个人的国家，但却无法将它征服。这其中有一段历史，正是这段历史造就了你，艾米，我在这本书中向你讲述的就是这段历史。长久以来，我试图去了解这个故事，特别是你爸爸和我不在一起时所忽略的部分。不止一次，小人把所有的事情都抛到它们应有的地方，以便我去理解其中的真实涵义，甚至给予我希望，某一天我终将懂得。我想我不能将所有的故事点滴不漏地告诉你，因为我没法知道得比这个更多。一次又一次，我在寻找同一件事，以某种方式回到我们曾经去过的地方，回到我们熟识的人那儿，每一次，我都发现一个新的谜——当我感到他在接近我的时候，我便情绪高涨，像是找到了一座回返到他身边的桥，但是这座桥同样也通向前方，通往我余下的生命。站在这座小山上，俯瞰脚下的城市，我用心眺望、倾听，风越吹越猛，我听见了你爸爸的声音。

# 尾声

*Epilogue*

艾米两岁了！ 2003 年 6 月 18 日

亲爱的艾米：

杰瑞米去世了，接着，又过去了几年，一些支零破碎，勉强拼合在一起的想像日渐成为我生活中的一部分。

与他的回忆紧密联系的日子充满着辛酸，但基本上，我走在了路中央，少有颠簸崎岖——如果没有明显的烦恼，基本上是在安宁中度过的。

一次打击来自2003年夏天，当时出现一个有关联航93航班最后时刻发生事件的“新理论”，引起了新闻巨大的关注。8月7日，一位美联社记者写道：“调查人员现在推论，由于机舱内乘客的反抗，导致一位登乘联航93航班，进入驾驶舱的劫机者指使身为恐怖分子的驾驶员撞击费城地面。”美联社宣布了一份有关袭击的国会报告，“对乘客抓住恐怖分子，夺取飞机控制权的普遍观点持保留意见。”

在9·11房间的某个地方——现在这个房间开始逐渐恢复其阳光门廊的作用了，我给你保留了一份《2001年9月11日恐怖分子袭击联合调查报告》的复本。这就是所有烦恼的所在。这份858页的卷宗中，分出两小段叙述93航班上发生的事情。这短短几行字不仅没能陈述一个新理论，它们还没有甚至永远不打算有作为飞机上发生事件的相关说明。报告的目的是说明由于情报失误而导致的9·11灾难，而不是讲述袭击的故事。在此情况下，整个关于9·11的完整叙述只占了不到区区两页。余下的856页都在描述恐怖分子阴谋的来源，以及失去的挫败阴谋者的机会。

美联社的报道事实上是基于一句话。“据FBI主任（罗伯特·穆勒）描述，驾驶舱的录音记录显示，一位劫机犯在93航班撞地前几分钟，‘建议杰拉坠机，终止乘客夺回飞机的企图。’”报道是这样陈述的。这一事实早就在不同的书籍和文章中记录下来，但是它却在报纸和全国的电视中被扭曲成FBI有关劫机的新论点，尽管FBI矢口否认，它还是成为公众目前所了解的事件的不同版本。事实上，最后无论是恐怖分子还是乘客控制都已经无关紧要了。FBI坚称乘客袭击了驾驶舱，导致飞机坠毁，恐怖分子错失了他们的目标。FBI的官员曾说过他们相信乘客最后是在驾驶舱里的，任何一个听到黑匣子中记录的因殊死搏斗而发出巨响的人都会认为驾驶舱本身就在上演着这一幕。此外，我们无从知晓发生了些什么。

除了“新的论点”，思考坠机的问题在我的日常生活中所占的比重越来越小。2003年12月来临的时候，这是申请由政府运营的受害者补偿基金进行货币补偿的最后期限，似乎很肯定，像大多数9·11幸存者那样，我选择利用基金，这一行动过程似乎能提供更快、更简便的解决方案，而不是加入对航空公司的法律起诉。

然而，与英雄一寡妇同在的诸多责任——白宫功能、新闻电话和其他——都消失了。回顾往昔，那些事情只不过是在关注你成长为一个小女孩的平缓节奏中的一段阵痛。像是一位囚徒，他与外部世界的接触不过是从牢房窗户里看到的一棵树。看着树随着四季变化，筑巢其上的鸟儿将他从疯狂中拯救出来。

我记得，有一次你正在长牙。你当时正在床边便携式的摇篮里，在第一个年头里，你经常睡在那儿。那是下午两点。你哇哇大哭，显然很痛。我在一旁看着，抚摸着你的背，试图安慰你。我也哭了。我想耶利米。我记得当时看着你，意识到你永远不会感受到我的失落。这让我深感慰藉。有一段时光，我为你、我和杰瑞米感到伤心。时光流逝，我驱走了曾带给你的痛苦，因为我知道你的奋斗会迥然不同。

你一天天的长大，我注意到，你似乎根本没有受到所发生的这一切的影响，这让我备感宽慰。你天性温和、快乐，是个合作者，几乎不需要命令，从未发过脾气。我曾经告诉我的朋友们，"这是上帝说话的方式，'你知道吗？我对你做下这件可怕的事。所以在这里，接受这个，在这幢房子里：

你女儿拥有不可思议的个性。享受吧。'"

年龄将遗忘带给了你。两岁时,你忘记爸爸长啥样了。此前,你曾经能够指认他的照片。有好几次,当耶利米的图像闪现而过时,你走过去,摸着电视机。

一天,我指着壁炉架上耶利米亲吻你的照片。

"那是谁?"你说。

"那是你爸爸。"我说。

"他的名字叫杰瑞米。"你记得。

"对的。他是你的爸爸。"我说。

"那么,他在哪呢?"你说。

我愣在那儿。

最后你说,"噢,他过会儿来。"你捡起蓝色的狗,绒毛玩具,慢慢地蹭回你的房间。

太好了,你经常迅速回答自己的问题。

那种经历可以被当成类似于叫醒的电话来用,我不得不思考。很幸运,我拥有那种感觉,在与大一点的孩子们谈到这个话题时,已经练习过许多次了。我的教子,杰克——戴安娜·多宾的孩子——是个聪明的小家伙。一天下午,9·11之后的六个月,他开始询问我有关杰瑞米的事。对杰克来说,艾米有一个爸爸好像不合情理,因为怎么会没有人看到过他呢?而我坚持这一点。

"她有一个爸爸,他不过是在天堂,"我说。"你应该记得他的。他有一艘船。”

“是的，他的头发像我的一样卷曲，”杰克说。“我们一起乘船。我们开得很快。”

显然，他天真地想起了杰瑞米，他重复着船的部件。然后他转向戴安娜，要个煮熟的鸡蛋。

那就是杰克，四岁。很清楚，像这样的谈话可以在任何地方发生。而我想得越多，似乎越显得无所适从。但这是我们曾在治疗小组中讨论过的事。这是我们的治疗师的专长，她确切知道该给什么建议，不要告诉孩子太多。满足他当时对信息的需要，因为更多的信息只会带来混淆，她说。你可以说“工作中出现事故”来岔开话题，而不是说“他们用飞机冲进他所在的大楼”。

有时提供的信息并不容易让人满足。朱利安——金·班加什的儿子——把我堵在客厅的角落里，质问道：“艾米的爸爸哪去啦？他死了，是吗？那意味着什么呢？”我不得不离开屋子。但最终我遇到这类事时感觉好多了。

同样，你在哭闹时，我照顾你也不感觉那么难了。你不常生病，但你只要生起病来，体温通常要达到 40 度。在我们动身去加利福尼亚的前夜，你病了。这是常见的情景：凌晨三点，你在床上伸展开，像块薄薄的煎饼，呻吟着。我弄点可乐当糖和咖啡因，从精神上掐过黎明前的崩溃。即使我给你服了退热药，洗了冷水澡，你的热度还是退不下去。

医生给的答案就像是机器应答，说这是急诊，去急诊室。我怎么知道这是不是急诊？你应该告诉我、如果我不去，情况会更糟吗？我拿出所有的婴儿书——《斯波克育儿经》，可能是其他五本书。我在网上狂搜一气，不放过任何一个我能找到的有关儿童高烧的内容。多数人的意见似乎是重症儿童通常以昏睡为特征。你不是，所以我们待在家里。第二天，我们发现你好多了。这就是我深切感受到缺失某人时的情境，没有人来帮你做决定。但是我学会了自己处理。

现在，你成了我的某个人。你无法对保健提出建议，但是你却显现出磁性拉力，不让我偏离轨道。

我意识到这点，是在杰瑞米去世后的翌年一月，恰好在尤特来之前。有时，我一连几天都没法与成人进行对话，当然也看不到一个成年人。或多或少，我被关在了屋子里。在我看来，这像是被封在教堂的钟楼里面，听着每小时的钟鸣，或者，在我的头脑里，我是一间小屋子的独居者，在这儿，我通常确切地知道自耶利米死后有多久了。周二又循环回来了，我知道自那个周二之后，这是第十一个周二，他已经去世十一周了。当早晨 10∶03 分来临时，我通常都会知道，并且条件反射，“天哪，这是他停止呼吸的时刻。”这些强迫症似的想法，根本没法控制。当我俩参加婴幼儿音乐班时，我才从钟楼里逃身出来。这个班恰巧是在周二早晨9∶45分至 10∶30 分开课。每个周二早晨，我们与其他新生儿的妈妈和孩子一起，忙着击打三角铃、小手鼓，唱着《回到山里》，那种令人不快的想法再也没有时间形成。

对付星期二花了那么多的精力。打那以后，你可能会说，我的生活一直在算计一周中余下的日子。我需要给自己讲述另外一个故事，代替那个停滞在2001年9月的故事。长久以来，我忧心忡忡、局促不安，拉扯着自己的头发。一次，我想打发一小会儿的时间，在离绿林湖不远的一家美容沙龙驻足，在那儿修指甲，我很少纵容自己这样奢侈。那天我过得并不好。那是2003年的春天，我正在为杰瑞米挑选墓碑，这件事我推迟了好几次。

修指甲似乎是一种放松的方式，开这家店的韩国女人看上去很和蔼。她不知道我是谁，看到我手上戴的戒指，便问我是否结婚了。

“是的。”我说。想着就这样终止话题，或者别让我被迫解释如何成为一个寡妇。

“噢。你丈夫——他在干什么？”

“他是一个销售员。”我说。

我躲躲闪闪地回答着她的每一个芝麻绿豆点大的问题，就这样过了近半个小时，那时，我已经叙述了一个十分完整的另一种生活，连同喜爱的加拿大度假地，家中用的新的细木家具。我筋疲力尽，美容沙龙就像一间警局询问室。我意识到我应该告诉她实话。*看在上帝的分上，给我的指*

*甲上光，让我离开这儿吧。*

无疑，这不是一个恰当的故事。我决定不从修指甲这件事上汲取任何教训，除了把你接回家，正像现在我做的，这件事比那天我说的或做的其他事更令人舒心。没准从这里开始，我想，我要让我们俩的生活顺其自然。至于这意味着什么，生活会走向何方，我还没想法，但是生活取决于我们。

复活节来临之际，我们开车向东，横跨新泽西，去探望在上萨德河的奥帕和奥玛。途经玛瓦时，树叶正泛起绿意，小学时我曾在那儿住过。镇中央是一个小池塘，孩提时代，我也曾在那儿溜冰。你张望着窗户外面小公园中央的凉亭，兴高采烈地说着一家店门口大大的塑料兔。一间间店面从你眼前掠过，你东张西望着，而我从侧面看着你，你那双乌溜溜的眼睛从一个景物移到另一个景物。我们路过新教教堂，复活节彩蛋通常悬挂在墓地旁大片的草地上。

"我们下周六要来这看兔子吗?"我问。

"耳朵。"你说。

"对啦，兔子有耳朵。"我说。

我们开车路过杰瑞米在那儿长大的屋子，巧克力般的棕色依旧，壁板上遍布凹痕，那是杰瑞米、约翰和詹妮弗骑着自行车横冲直撞的后果，他们在向车库极速冲刺时根本就来不及避让。我们开车驶入奥玛奥帕家的车道，你迫不及待地要从车座上下来，与奥帕在宽敞的客厅中玩耍。滑溜溜的地板，可以让你从地板上直接滑到你的长袜子里，你想到走廊上去，看看年迈的猫咪弗洛依德。看着你在车上爬来爬去，我这一整天第一次感到了舒心。我们绕到屋子后面，砰砰敲门。一声巨大的声响传来，灯亮了，门一开启，你便没头没脑地跑了进去，我尾随着你，一同走了进去。

# 致　谢

当我准备开始讲述自己的故事时，只有一个意图——为我的女儿爱默生创作一系列有关她父亲的真实故事。但是我却没法预期这本书对我有多重要，而重述故事的过程又是如何修复我的心灵的。我有许多人需要感谢。

我要向丹·泽加特致以最特别的感谢。如果没有丹，我的故事将封存在我的脑海中，或是散落在各种没有结局的刊物中。毋庸置疑，丹是一位俊逸潇洒的作家，但更重要的是，通过我们的合作，他成为我真正的友人。他耐心地鼓励我回忆我与丈夫在生活中哪怕是一瞬间的细节。我的文字因丹而变得鲜活，回忆再次触及心灵。出于这个原因，我将对他永世感激。

我也要向鲍勃·梅科夫致以特别的感谢，他从我的故事中看到力量和真实，把我未成形的概念打磨完整。他从我们初次见面起就坚信这本书，他的努力和热情从没动摇过。

我也要感谢我亲爱的朋友们和亲友们，他们叙述了记忆中的杰瑞米。他们帮助我在未来的路途中再次找到希望。

——利兹·格里克

利兹相信我能帮助她讲述她丈夫的故事，真实而真切的讲述。她从未偏离这个决心，如果我们的书成功了，那是出于信念的勇气。她是一位非凡的女性，一位天生的故事讲述者，但却是一位不引人注意的人，她不过是想与世界分享点什么，因而找到了这样的一种方式。我们的合作是一种别样的冒险。几十个小时的交谈，利兹让我近距离地看到了杰瑞米·格里克。

——丹·泽加特

（京权）图字：01－2005－4520 号
**图书在版编目（CIP）数据**

爸爸的声音/（美）格里克著，（美）泽加特著；钱丽娜译．－北京：作家出版社，2005.7
ISBN 7－5063－3355－4

Ⅰ．爸… Ⅱ．①格…②泽…③钱 Ⅲ．纪实文学－美国－现代 Ⅳ．I712.55

中国版本图书馆 CIP 数据核字（2005）第 073654 号



**爸爸的声音**

---

**作者：**（美）利兹·格里克　丹·泽加特
**译者：**钱丽娜
**责任编辑：**启　天
**特约编辑：**徐曙蕾
**封面设计：**奇文云海
**出版发行：**作家出版社
**社址：**北京农展馆南里 10 号　　**邮码：**100026
**电话传真：**86－10－65930756（出版发行部）
86－10－65004079（总编室）
**E－mail：wrtspub@public.bta.net.cn**
**http://www.zuojiachubanshe.com**
**印刷：**紫恒印装有限公司
**开本：**890×1240　1/32
**字数：**120 千
**印张：**7.5　　**插页：**2
**版次：**2005 年 8 月第 1 版
**印次：**2005 年 8 月第 1 次印刷
**ISBN　7－5063－3355－4**
**定价：**18.00 元

---